ぴんぽんぱん　ふたり話

瀬戸内寂聴
美輪明宏

集英社文庫

ぴんぽんぱん　ふたり話　目次

今日、天台寺で話す巡り合わせ――9
寂聴さんの前世は……！――23
役行者が鎧兜を着けた美少年の姿で現れた――39
「美輪さんはどうやって霊を見るの？」と聞かれて――49
思ってもみないことが、「口を切る」ように出てきた――57
亡くなった人の「気配」はあたたかい――65
教育で重要なのは、どんな価値観で教えるか――76
信仰と宗教は同じじゃない――85
「想念」を切り換えると怨霊も救われる――94
三島由紀夫に取り憑いた強力な霊――108
自分の魂の目で自分を見ない人生は……――120

三島さんは完全な肉体にストップモーションをかけた——132
ガンジス河の火葬場を描いた二人の作家——145
「私を好きになるのは、バイセクシャルの証拠」——152
可愛くて、赤ちゃんみたいにきれいな魂の持ち主——164
川端康成の自殺をもたらした？　ノーベル賞受賞——176
「それが私の原罪です」——192
歴史に残る人たちと知り合えた幸せ——203
もう一度、戦前のロマンが復活すれば、日本は……——216
銀ブラは、かつて文化人の特権だった——232
漠然とした不安があった出家前——243
自分自身も菩薩であると思えば……——258

ぴんぽんぱん　ふたり話

今日、天台寺で話す巡り合わせ

瀬戸内　ようやく天台寺《てんだいじ》※に来てくださいましたね。

美輪　参りました、ようやく。他の山やお寺と霊気の手触りが全然違いますね。

瀬戸内　ちょうど今年で十五年になりますが、私が晋《しん》山《ざん》※して来たときはそれはひどい荒れ具合で、壁は落ちているし、畳は腐って歩くと沈むし、廊下を歩くとギーコギーコ鳴るし（笑）。

美輪　お化け屋敷（笑）。

瀬戸内　晋山式に大勢の人が東京からバスを連ねてここまで来てくれたんですよ。みんな、「あんなひどいところへ行って、どうするんだろう」と、たいそう可《か》

※天台寺
岩手県二戸《にのへ》市浄法寺町《じょうぼうじまち》御山久保《おやまくぼ》にある天台宗の寺、八葉山天台寺。一九七六年、今春《こんしゅん》聴《ちょう》（東光）師が住職に就任。八七年から瀬戸内寂聴師が第七十三世住職となる。

※晋山
僧侶があらたにある寺の住職となること。その就任、お披露目の儀式を晋山式という。

哀想《わいそ》がってくれました。

美輪　それは、多分お招きになったんでしょう。七、八年前に新幹線で隣り合わせて以来、私と瀬戸内さんの距離があっという間に近くなりましたよね。

瀬戸内　私が美輪さんと最初にお会いしたのは、もう三十年ほど前のことですものね。私はあなたの大ファンで、取材でどこかの劇場の楽屋におうかがいした。でも、それきり、お会いする機会がなかった。

美輪　ええ。瀬戸内さんは瀬戸内さんで活躍なさっていて、私は私でいろいろやっていた。普通、こういう仕事だとどこかでお会いするはずなのに、三十年近い間に一度もお会いできなかった。それが、偶然、新幹線の中でばったりとお会いして。実はそれも、全部、約束されていたことなんですよ。

瀬戸内　あのとき、私はいつものように新幹線の中でくたびれ果てて、眠りこけていたんです。ふっと人の気配がして目を覚ましたら、目の前に真っ白な木綿のドレスを着た美しい人が立っていた。夢かな、観音様《かんのん》※かなと思って仰ぎ見たら、すっぴんの美輪さんだった。覚えていらっしゃるかしら？「さっきから見てたんだけれど、あなた、よくお寝《やす》みでしたから、ご遠慮してたの」と、美輪さん、おっしゃったんですよ。

美輪　ええ、よく覚えています。その前から、あなたが私にどうしても連絡をとりたがってらっしゃると、横尾忠則《よこおただのり》※さんに聞いてましたから、「なんかご用事でしたか？」とうかがったんです。

そしたら、どうしても聞きたいことがあったのよ、っておっしゃって。で、瀬戸内さんは私にお聞きにな

※観音様
観世音菩薩《かんぜおんぼさつ》のこと。現世に利益、幸せをもたらす仏としてあがめられている。

※横尾忠則
グラフィック・デザイナー、画家。一九三六年生まれ。六五年の初個展を観た三島由紀夫《みしまゆきお》は生涯横尾の仕事に注目した。

ったの。「私は何のために剃髪《ていはつ》※して出家したのか、その理由がわからない。それをどうしても知りたい」と。

瀬戸内　美輪さんは、私が天台寺に晋山する模様を、霊視してくださったんですね。それでこんなふうに言われた。「山に黒雲が立ち込めているところで、屍《しかばね》が累々とある。その中に一人だけ、殿上眉《てんじょうまゆ》※で公家《くげ》風の殿様のような髷《まげ》を結った、三十から四十歳ぐらいのとても美しい私好みの首がある」（笑）

美輪　とてもいい男で、ちょいと私の趣味だったから（笑）。それと同時に荒い木彫りの観音様も見えたから、「観音様を祀《まつ》ってありますよね。その観音様と同様に祀らなければいけない方がこの方で、それを祀ったら吉兆というか、良い意味で大変なことになる。心当たりおありにならない？」

※剃髪
僧になるため髪や髭を剃《そ》ること。

※殿上眉
殿上人の化粧で、眉を剃り落とし、その上に墨で丸を描きいれたもの。

あなた、それは多分、長慶《ちょうけい》天皇※ではないかしらっておっしゃった。第九十八代、南朝《なんちょう》の三代目の天皇で、足利《あしかが》幕府に追われて東北に逃げて天台寺でお亡くなりになった方ではないかって。

瀬戸内　一三六八年から八三年の間、在位なさっていたとされています。実は、学術調査が入ったらその方の首塚みたいなのが出てきたばかりだったんです。

それで、美輪さんに言われたとおり、金の一番上等なお位牌《いはい》をつくってお祀りしたんですが、「それじゃ足りない」と美輪さんから連絡が入った。

美輪　そう。そのとき、「もっと大きなお位牌を」と、大きさを言って、お祀りしてください、と。

瀬戸内　そのとおりにしたんですけど、それからが大変だった。京都の庵《いおり》に戻ってみたら、留守中に三十《さんじゅう》

※長慶天皇
第九十八代天皇（南朝第三代天皇）。一三四三～九四年（在位一三六八～八三年）。後村上天皇の第一皇子。当時南朝は衰退が進み、残された記録も少なく、在位も疑問視されていたが、大正になって正式に皇統に列せられた。

三間堂《さんげんどう》※の尼御前《あまごぜ》の代理の方が長慶天皇の六百年祭の帰りだということでお寄りになったと聞いて、仰天したんですよ。

私、庵から仕事場に向かう途中にずっと気になって仕方なかった御陵《ごりょう》があったんですが、それが長慶天皇の御陵※だったんです。しかも六百年祭があった日は、私が天台寺で卒塔婆《そとば》をつくって長慶天皇をご供養していたその同じ日の九月の四日だったの。ぞっとしましたね。

美輪　私、瀬戸内さんから電話でその話を聞いてほんとうに鳥肌がたちましたよ。不思議でしたね。それで、その京都の御陵というのは、実は日本が極貧のどん底にあった昭和十九年（一九四四）、戦争の真っ最中につくられたんだそうですねえ。

※三十三間堂
京都市東山区にある天台宗の寺。平清盛《たいらのきよもり》が造営。堂内の千手観音坐像《ざぞう》を中心に、左右五百体ずつ並ぶ仏像が有名。

※長慶天皇の御陵
京都市右京区嵯峨《さが》天龍寺角《てんりゅうじすみの》倉町《くらちょう》の嵯峨東陵のこと。長慶天皇御陵（お墓）伝説地は二十カ所以上にも及び、不詳なことが多いが、一九四四年、この地を御陵と定めた。

瀬戸内　十九年の二月。戦争が負け出すころですよ。それまで御陵がなかったのに、戦争が負けるときに立派なお墓ができたのは怨霊封《おんりょうふう》じなんですね。宮中にはきっと占い師がいるでしょ。その人が、負け戦になりそうなのは長慶天皇を祀っていないからだと言ったので慌ててつくったんじゃないかと、想像しています。

だいたい、長慶天皇という方は天皇の列に入っていなくて、歴史的に抹殺されていたんです。それが、大正八年（一九一九）ころに学者が「この方はちゃんと南朝で即位していらっしゃる」と言い出して、大正十五年十月に、皇統加列《こうとうかれつ》についての詔書《しょうしょ》※が出てるんです。でも、御陵はなかった。

美輪　瀬戸内さんがちょうどお生まれのころに、学者

※皇統加列の詔書　長慶天皇の即位説と非即位説の論争は江戸時代から続いていたが、八代国治《やしろくにじ》の研究によって即位説が決定的となり、一九二六年十月二十一日の皇統加列の詔書に至った。

たちが一番論争していたんですね。

瀬戸内　長慶天皇は武勇に秀でた方で、足利幕府に煙たがられていたんですね。結局、それで京都にいられなくなった。

美輪　だから、船でもって海路を逃れて、奥州《おうしゅう》に行ったんですね。それで、奥州を転々として、最後に天台寺でお亡くなりになったんです。霊視したとき、私には、山伏《やまぶし》※がずらっと並んでいるところと、海賊というのか水軍があの方を守っているところが見えてたんですよね。それは、村上水軍※で、長慶天皇は村上天皇のお父さんだか息子さんだと、あとで教えていただいて、また驚きました。

瀬戸内　後村上《ごむらかみ》天皇※の第一皇子の寛成親王《ゆたなりしんのう》です。当時、東北という土地は、勤皇《きんのう》だった、つまり天皇家によく

※山伏
修験道の行者。修験道は日本古来の山岳信仰が密教と結びついたもの。

※村上水軍
南北朝時代から戦国時代にかけて、瀬戸内海にいた海賊(海の領主)。

※後村上天皇
第九十七代天皇(南朝第二代天皇)。一三二八～六八年(在位一三三九～六八年)。後醍醐天皇の第七皇子。親王の時、北畠親房・顕家《あきいえ》父子と奥州に下ったことがある。

つかえていたんですよ。伊達《だて》家も勤皇だったし、北《きた》畠《ばたけ》親房《ちかふさ》※は東北に拠点をもっていた人だった。だから、長慶天皇はその縁《ゆかり》の人たちを頼って東北に逃れてきたのですが、幕府がどこまでも追ってくるので、頼られた人たちも守りきれなくて、転々と流浪なさることになった。

美輪　そのときに、陸地では山伏がお守りしていた。私は無知だから、天皇家というのは高天原《たかあまはら》以来、代々、ずっと神道《しんとう》※できていると思ってたんですよ。だから、なんで密教※の山伏が出てくるのだろうかと不思議だったんですけど、瀬戸内さんがこの天台寺に晋山なさるときに、山伏を十数人連れて晋山式をおやりになったとうかがって、あっと思った。それは、きっと長慶天皇を守っていた山伏の再現だったんですよ。

※北畠親房
南北朝時代の公家、南朝の指導者。一二九三～一三五四年。後村上天皇を補佐し南朝の回復に努めた。「神皇正統記《じんのうしょうとうき》」を著す。

※神道
日本古来の自然宗教で、祖先神・氏神・国祖神の崇拝を中心とする。

※密教
自ら究めた修行者以外知ることのできない秘密の教えのことで、これに対して、教えが表に明らかに説かれているものを顕教《けんぎょう》という。

瀬戸内　私が晋山式に伴ったのは月山《がっさん》※の山伏です。
美輪　私も月山神社のご祭神を、他の諸天ともども毎日拝んでるんですよ。
瀬戸内　そうなのですか。
美輪　瀬戸内さんからお電話をいただいた後、私の耳元で、長慶天皇らしき人の声がしたんです。中年男性の声で、「私ばかりが供養を受けて心苦しい。最後をともにした人たちが五、六人いたので、その者どももねぎらってほしい」と。それを、お言づけしましたよね、またお電話で。
瀬戸内　はい。それでお位牌をつくって、長慶天皇のお墓に納めました。
美輪　京都の寂庵《じゃくあん》※にうかがった折に、瀬戸内さんとご一緒に長慶天皇の御陵に参ったことがありましたね。

※月山
山形県中央部にあり、湯殿山《ゆどのさん》、羽黒山《はぐろさん》とあわせて出羽三山《でわさんざん》と呼ばれている。修験の名山。

※寂庵
京都市右京区の嵯峨野にある寂聴師の庵。法話の会、写経の会が行われている。

でも、そのとき、拝んでいたら、出てくると思っていた神道の神々が全然出てこないで、密教の神様ばかりが出てきたので、びっくりしてしまって。

瀬戸内　あのとき、「不思議ね、不思議ね」とおっしゃるから、「どうしたんですか？」とお聞きしたら、「神様がちっとも出てこないで、インドの象のような歓喜天《かんぎてん》※みたいな方々だとかが出てくるの。なんだか密教みたい」と。だから、私が「密教ですよ」と言うと、とてもびっくりなさってた（笑）。

美輪　知りませんでしたからね、天皇と密教の結びつきなんて。

瀬戸内　後醍醐《ごだいご》天皇※のせいなのですね。後醍醐天皇は、怪しい、エロティックな密教がとてもお好きだったのです。後醍醐天皇以来、南朝吉野は密教だから、長慶

※歓喜天
仏教の守護者で聖天《しょうてん》ともいう。ヒンドゥー教の影響で、象頭人身の姿をしている。

※後醍醐天皇
第九十六代天皇。一二八八〜一三三九年（在位一三一八〜三九年）。一三三三年、鎌倉幕府を倒し、建武新政《けんむしんせい》を行うが、足利尊氏《たかうじ》にそむかれ、新政は三六年に崩れる。吉野で南朝を開き、北朝を奉ずる足利氏の幕府と対抗する。

天皇も密教。長慶天皇のお位牌には、ちゃんと密教の名前もついてますよ、一番最後に。

美輪　と瀬戸内さんに教えていただいて、やっと納得できた（笑）。あのとき、もう一つ、お聞きしましたよね。「長慶天皇は、この御陵と天台寺ともう一カ所を行ったり来たりなさっているみたいだけれど、心当たりはないですか？」と。

瀬戸内　そうしたら、青森の五所川原《ごしょがわら》にもいらしたことがわかったのです。あそこには御所※があったから。美輪さんに言われると、私はすぐになんでも調べちゃうの（笑）。

美輪　それで、全部、辻褄《つじつま》が合っていくのが不思議でしたね。あっ、肝心なことを忘れてるじゃありませんか。『源氏物語』……。

※長慶天皇の御所
青森県の旧中津軽郡相馬村五所にかつて長慶天皇の御所があったと伝えられている。長慶天皇を祀った祠《ほこら》が、岩木川の洪水で流失し、拾い上げられた場所を御所川原（現五所川原市）と呼ぶようになったという伝承がある。

瀬戸内　そうでした（笑）。長慶天皇は文武両道の方で、武勇に秀でてる一方で、文学にも造詣が深くて、『仙源抄《せんげんしょう》』※をつくったお方なんです。『仙源抄』というのは、『源氏物語』の中の、千ぐらいの言葉を選んで解説している、つまり『源氏物語』の辞書なのですよ。それを、長慶天皇は南朝吉野でおつくりになっている。

美輪　私は、瀬戸内さんにその話を聞いて、「あなたが『源氏物語』をお書きになろうと思ったのは、天台寺に晋山なさってからじゃない？」と訊《たず》ねたら、あなたは指を折って、「そうだ」ってびっくりなすったじゃありませんか。

瀬戸内　『女人《にょにん》源氏物語』※を書き始めたのが、ちょうどここへ来たころだから。それで、「きっと私は、お

※『仙源抄』
長慶天皇の作で、成立は一三八一年。書名は「仙洞《せんとう》の源氏物語の抄」に由来する。

※『女人源氏物語』
全五巻（一九八八年十一月〜八九年八月）。表題にもあるように、登場する女人の語りという形式をとった作品。

小姓かなんかで、長慶天皇の横で墨をすっていたのよね。せめて側室だったらうれしいんだけど」って、笑ったんですよね。

寂聴さんの前世は……！

美輪　あっ、私、今日、そのことを言わなければと思ってたんですよ。私、瀬戸内さんと話したあのときにはあなたの前世《ぜんせ》がわからなかった。でも、ある日、ふっと見えたの。五条の橋の上みたいなところで、白《しら》拍子《びょうし》※の格好をして、舞っている、瀬戸内さんが（笑）。

瀬戸内　えーっ、私、歌は下手《へた》なんだけれども、踊りはとてもうまい（笑）。白拍子というのは男装してるんですよね、刀さして。

美輪　ええ、その格好でしたよ（笑）。それも、当時にしてはすごく珍しい、インテリの白拍子。読み書き百般ができる才色兼備の白拍子だった。それを気に入

※白拍子
水干《すいかん》、立烏帽子《たてえぼし》、白鞘巻《しらさやまき》の刀を差した男装で歌い舞う遊女のこと。

られて、御所に側室として上がっていったらしい。

瀬戸内　えっ、側室!?（笑）

でも、ほんとに踊りは好きなんです。ダンスなんかも習わないのに、ちゃんと踊れるの。タンゴまで踊れる。阿波踊《あわおど》りも踊れるし。

美輪　だって筋金入りですもの。雀《すずめ》百までどころか前世から商売で踊ってたんですからねえ（笑）。

瀬戸内　私、美輪さんに、長慶天皇が「自分の存在を世の中に知らせろとおっしゃっている」と言われて以来、ここ天台寺での法話の度に、「ここに長慶天皇がいらっしゃいますので、お参りしてください」と、ずっと言い続けているんですよ。

美輪　長慶天皇をご供養なさってから、法話のときに人がいっぱい集まるようになったんですって？

瀬戸内　ほんとうに恐ろしいぐらい。あれからどんどん増えて、五千人を超えたかと思うと、今、一万人ぐらい集まって、もう立錐《りっすい》の余地がないんです。

美輪　だから、「お祀りしたら吉兆、良い意味で大変なことが起きますよ」と言ったでしょ。それからの瀬戸内さんたら、まあまあ空前絶後、大変なブレイクでしょう。『源氏物語』がこれだけベストセラーになったのは、瀬戸内源氏が初めてですからね。

瀬戸内　本は二百万冊以上売れて、歌舞伎にもなりました。市川新之助《いちかわしんのすけ》が光源氏《ひかるげんじ》を、玉三郎《たまさぶろう》が藤壺《ふじつぼ》※を演《や》ったんですが、素晴らしかったですよ。梅若六郎《うめわかろくろう》さんに演じていただいた新作能の『夢浮橋《ゆめのうきはし》』※も、それはそれは素敵だった。別の舞台で、何人もの大女優に、『源氏物語』に登場する一人ひとりの女性の立場で朗

※藤壺
『源氏物語』の登場人物。桐《きり》壺《つぼ》帝の中宮《ちゅうぐう》となるが、光源氏との間に冷泉《れいぜい》帝を産み、生涯の悩みとなる。桐壺帝崩御後、出家する。

※『夢浮橋』
瀬戸内寂聴の新作能。初演は二〇〇〇年三月。「夢浮橋」は『源氏物語』の最終帖《じょう》の巻名。

読をしていただいたしね。そんなこんなで、とにかく大変なんです（笑）。そうそう、美輪さんの光源氏を一度観《み》たいわ。やってくださいませんか？

美輪　私はせいぜい末摘花《すえつむはな》※ですよ（笑）。

瀬戸内　ご冗談を。やっぱり源氏ですよ。新之助もなかなかよかったけれど、彼が演じてくれたのは明石《あかし》に行くまでの若き源氏。明石に行ってからのいろいろな哀《かな》しみをもつ源氏は、美輪さんに是非やってほしい。私、前からそのことを、みんなに言ってたの。

美輪　私は花の盛りの牡丹《ぼたん》だから（笑）、落魄《らくはく》した源氏は無理ですよ。せいぜい似合っても牡丹灯籠※（笑）。

瀬戸内　いやいや、そうじゃなくって、全部を手に入れた源氏こそ美輪さんにぴったり。そして六条院《ろくじょういん》※をつくって、妻に裏切られて、他の男の子供を抱かされ

※末摘花
『源氏物語』の登場人物。常陸《ひたちの》宮《みや》の女《むすめ》。赤鼻の醜女《しこめ》だが、ひかえめで古風な実直さを持つ。

※牡丹灯籠
明治の落語家三遊亭円朝の人情噺《ばなし》「怪談牡丹灯籠」のこと。旗本の娘お露の亡霊が牡丹灯籠をともして恋人のもとへ通い、恋人は死霊にとり殺されてしまう。

る。そのあたりの源氏ですよ。これは、やっぱり若い人にはできません。男の苦悩がでなきゃいけないですからね。

美輪　精神的に落魄してしまった源氏というのは、私はお呼びじゃありませんよ。

瀬戸内　そんなことはない。六条院で女たちを並べる源氏。これは、美輪さんじゃないですか。

美輪　たしかにそのころの源氏には、無常観や寂寥《せきりよう》感《かん》が、ひたひたとずっとあったと思います。何もかも手に入れてしまったら、あとは寂寥感しか残りませんしね。しかも、紫《むらさき》の上《うえ》※にしても、理想的な女に育てるといっても盆栽じゃなく人間ですから、ほんとうに理想どおりとはいかない。やっぱり、そこらあたりから人生のそこはかとない哀しみが生まれてくる。

※六条院
明石から帰京し、権勢を誇った光源氏が造った大邸宅。

※紫の上
『源氏物語』の登場人物。藤壺に似ている少女を見つけ、理想の妻となるよう光源氏が養育、その後結婚する。

瀬戸内　そうです。そのとおり。
美輪　けれど私は、瀬戸内さんと同じで、いつも「ヤッホー」と健康で、前向きでやっている（笑）。だから、源氏はでけまへん。
瀬戸内　そうは思いませんよ。諦めませんからね(笑)。
　先日拝見した美輪さんの『愛の讃歌』は、たしかに前向きな舞台でしたね。エディット・ピアフ※の生涯、とても素敵で、感動しました。私は大阪で観たんですけど、客席は総立ちで、誰も彼も泣いてましたよ。若いファンも多かった。
美輪　あの物語のテーマは〝無償の愛〟ですからね。他人のことでも無償の愛で泣けるというのが、一番幸せですね。いろんなことで悲しい目に遭って涙を流すのは苦しくて辛《つら》いけれど、充実した愛が横溢《おういつ》して感動

※エディット・ピアフ
フランスの女性シャンソン歌手。一九一五〜六三年。代表曲に自ら作った「愛の讃歌」「ばら色の人生」等がある。

のありに泣けるのは幸せじゃありません？　そういう愛情のご経験は（笑）？　おありじゃろう？　たんと（笑）。

瀬戸内　あります、あります、大ありですとも。私はいつでも無償の愛、捧《ささ》げっぱなしです！（笑）

美輪　いつもそうおっしゃってますよね。

瀬戸内　だって、返してくれるような男は好きにならないで、ダメ男ばかり好きになるんだから。いつも捧げてやらなければならないダメな男が好みなんだから、しょうがない（笑）。だから、私は誰にも何もしてもらったことがないんです。

美輪　ご自分がお強いからですよ。

瀬戸内　そうですかね。

美輪　そうですよ。自分が強いから、強い男というのは洒落臭《しゃらくさ》い。そうでしょう？　だから、弱い男を見ると「どうったの？　どうったの？」と言って、大いなる母性で寄って行きたくなるんでしょ？　同じです。私も瀬戸内さんと同じ病気。

瀬戸内　アッハハハ。お互いに、やっかいな病気にかかったものですね。

美輪　ほんとに、新派のセリフじゃないけれど「蔦《ツタ》ちゃん、あたしたちぁ因果だぁねえ」ですよ（笑）。

話は長慶天皇に戻りますけれど、私、霊視したとき、「そのお寺は、今までどんな方が庵主《あんじゅ》になっても、命を取られるか、病気になるか、いられなくなるようになりました」と言いましたけれど、今東光《こんとうこう》※さんが晋山なさったばかりで亡くなって、その前の方もそうだとか。それは、今さんには失礼なんですけれども、長慶

※今東光
作家、僧侶。一八九八～一九七七年。川端康成《かわばたやすなり》を知り文学の道に入り、作家としての地位を確立するが、三〇年、出家（今春聴）。以後二十数年間、筆を折る。五七年、『お吟さま』で直木賞。六六年、平泉の中尊寺《ちゅうそんじ》貫主《かんじゅ》となり、六八～七四年、参議院議員。

天皇が瀬戸内さんを呼ぶための手段だった。瀬戸内さんがご縁の方の生まれかわりだから、今はすべて、うまくおさまるわけです。

瀬戸内　徳島で生まれて、京都に住んでいた私がなんでこんなところに来なきゃならないのか、ほんとうに不思議だったんですよ。

美輪　しかも、莫大《ばくだい》なお金を、つまり持参金まで持ってね（笑）。

瀬戸内　そうなんですよ。「来てくれ」と頼みに来られたのが、十一月十四日で、私の得度《とくど》※記念日。私は、頭から断ろうと思ってたんですけど、得度記念日だから、これは無下に断っちゃいけないのかなと思ったのが、運の尽きだった。

美輪　ですから、ちゃんとプログラムされているんで

※得度
剃髪《ていはつ》出家すること。寂聴師は、一九七三年、五十一歳の時、平泉の中尊寺で得度。今春聴大僧正《だいそうじょう》の門に入る。

すね。

霊界というのは不思議なところで、霊はよく知っていますよ。運命の赤い糸じゃないけれど、何から何まで全部、こういうふうに引っ張れば、こっちがこうなると、ぴたっと合うようにできているんですよ。で、あとで調べたり、気がついて、ああ、あのとき、実はそうだったのかということばっかり。

さきほど、このお寺に着いて、早速、本堂で拝ませていただいたでしょ。あそこには瀬戸内さんそっくりな可愛《かわい》らしい仏様が祀ってあったけれど、私が霊視したときに見たのはああいう大きな仏様じゃなかった。最初の最初、私には、立っている観音様が二体見えたんですからね。だから、瀬戸内さんに「他にありませんか」とお聞きしたんです。

瀬戸内　ええ、だから、私、奥の院にご案内したのですよ。

美輪　そしたら、あったんです。

瀬戸内　聖《しょう》観音様と十一面観音。※

美輪　はい、私が霊視したとおりのものでした。今日は、もう一つ、不思議なことがありましたね。

瀬戸内　長慶天皇のお墓に参ってくださったときのことですね。

美輪　私、お墓を拝んでいたら、また聴こえてきたんです。台座の上にまん丸い塔が座り、その上に三角の石の屋根がある供養塔を置いてほしいとおっしゃってる声が聴こえてきたんですよ。

瀬戸内　私、美輪さんから、その形を聞いて、びっくりしたんです。だって、そっくり同じ形をしたものが、

※聖観音と十一面観音
本来の観音を聖観音（正観音）といい、それ以外に十一面観音、千手観音、馬頭観音、如《にょ》意輪《いりん》観音、不空羂索《ふくうけんじゃく》観音または准胝《じゅんてい》観音がある。十一面観音は、頭部に十一の顔を持つ。

寂庵の入り口に置いてあるんですから。それは、京都の骨董屋《こっとうや》さんにポツンと置かれていたものなんですよ。「誰も買ってくれない」と言われて、私は、それが愛《いと》しくてね、すぐいいじゃないかと思って、求めました。とてもいい形をしていて、お墓としてではなく、飾りとして玄関に置いてあるんです。

美輪　私、ドジねえ。寂庵に行ったときに、それを見逃してるなんて。

瀬戸内　とても目立たないところに置いてあったんです。今回、天台寺に来るときに、それを持ってこようと思って、車に積みかけたの。ここ三カ月ほど、なんか、しきりにこっちに持ってきたくって車に積んでは降ろしてた（笑）。でも、美輪さんに「こんなのを置いてはダメだ」と言われたら困ると思って、お聞きして、「いい」と言われてから運ぼうと、諦めたんですよ。そしたら、美輪さんのほうから「こんな形のもの」とおっしゃった。ほんとに、びっくりしました。

美輪　私、そんなことは知らなかったけれど、拝んでいたらはっきりした形のものが見えてきたんですよ。ただ、台座が足りないので、もっと台座を積んで高めにしてほしい、と。そして、なんだか、丸い上に三角の屋根みたいなのがあるでしょ。その屋根の上の平らな部分が何か足りないみたいなんです。

瀬戸内　そういえば、三角のてっぺんが何かを置くような形になってますよ。切り取られたみたいな平らになっている。

美輪　そこを継ぎ足してほしいということらしいです。五重の塔のてっぺんみたいな、輪っかが何段も続いたような、そんな多宝塔《たほうとう》※みたいなものが欲しいんですって。それが、天皇の権威というか、格式というか、そういうものを表すらしいんですね。

瀬戸内　ほんとに、一度は車に載せたんですよ。私がなぜ、あんなにあれをここに持ってきたかったのか、ようやくわかりました。

美輪　瀬戸内さんがわからなくても、ちゃんと向こうからおっしゃいましたね（笑）。おもしろいですね。

瀬戸内　私は美輪さんの言うことは全部信じてるの。とにかく美輪さんに「こうしなさい」と言われたことは、全部そのとおりにしてます。だから、私は、ここへ来て、ほんとうにいいことばっかりですよ。体もとても調子いいし、仕事もどんどんできるし。

美輪　長慶天皇と観音様が瀬戸内さんを護《まも》ってくださ

※多宝塔
釈迦が法華経を説いた時、空中に宝塔が現れ、中の仏（多宝如来《にょらい》）が釈迦を誉《ほ》め半座を分けたという話にもとづいて造られた塔。

ってるんですよ。一番根っこに観音様のパワーがあって、そこの下に長慶天皇がおられる。その下に、瀬戸内さんの前世のエネルギーのパワーがあるわけ。だから、三段階みたいになって、現世のあなたを護ってるんですよ。

瀬戸内　実は、法話にあんまりにもたくさんの人が集まるから、この人たちに一生懸命しゃべっていると、私はエネルギーを全部吸い取られるんじゃないかと、とてもしんどかった時期があったんです。そうしたら、半年ぐらい前かな、ふっと違うぞと思った。五千人なら五千人、一万人なら一万人、来ている人から、私がエネルギーをもらっていると思ったの。そうしたら、すごく気持ちが落ち着いてきて、とても元気になってきましたよ。

美輪　エネルギーは、吸い取るとか、吸い取られるじゃなくて、回っているんですよ。瀬戸内さんがあげるでしょう。それが今度は環流して、上に行って、ずっと回って回って、何もかもがみんな回るんですよ。全部そう。それが宇宙の法則なんです。

役行者が鎧兜を着けた美少年の姿で現れた

瀬戸内　最近、役行者《えんのぎようじや》※のブームが起こっていますね。吉野で大きなお祭がありました。

美輪　役行者といえば、不思議な経験をしてるんですよ。

私、難病にかかって死にそうになったことがありましてね。知り合いの女優に、目黒のほうの密教の行者さんを紹介されたんです。そこに行くと、横に寝かされて、真言宗《しんごんしゆう》※のお経を唱えてくれたんですが、寝ている私の眼前に、何と最初に、般若《はんにや》の面が、次に毛ガニみたいなのが出てくるんですよ。手足が毛ガニみたいなんだけれども、指があるから人間の手らしくも見

※役行者
七世紀末、大和国葛城山《やまとのくにかつらぎさん》を中心に活動した呪術者。妖術で世人を惑わせているとある者が朝廷に訴え、伊豆国に流罪となった。後世、修験道の祖と仰がれる。

※真言宗
空海によって伝えられた密教の一宗派。大日如来の真実の姿と修行者が一体となることを目指す。

える。それが出てきて、今度は金棒が出てきたんです。

瀬戸内　それって、鬼ですよね。

美輪　ええ。お経がすんで、「いかがですか?」と聞かれたから、私が「実はこんなものが見えたんです、何でしょうね?」と聞いたんです。そしたら、「あっ、それは役行者の使役です。使役で使った眷属《けんぞく》※です」と言うわけ。

恥ずかしいけれど、私、そのときまで役行者なんて、えの字も知らなかったの(笑)。その行者さんの話によると、役行者がどこかの山の上に橋を渡すために鬼を使ったという伝説があって、鬼というのは役行者の家来なんですって。私は、あらまあ、不思議なものを見せていただいたと、そのときはそれだけだった。

ところが、別の日に行者さんに家へ来てもらって、

※眷属
仏に従う使者、また配下・従者をいう。

庭でお祓《はら》いをしてもらったんですよ。そうしたら、お祓いする前に、行者さんが、「美輪さん、雷はお嫌いですか？」と聞くんですよ。すごくいい天気だったのに。でも、「別に平気ですけれども」と言ったら、「あ、よかった。実は、このお祓いをすると、雷が鳴って、雨が降り出すんです」と言うんですね。

瀬戸内　この天台寺でも、よくあります。ここは必ず感応するんです。いいお経をあげると、必ず雷が鳴るんです。

私が初めてここへ来たときも、晴天だったのに、突然、一転、にわか雨になり、ひょうが降ったんです。五月だったのに。みんな、叫び声をあげて驚いたんですけど、雨が上がると、今度はきれいなきれいな虹が現れたんですよ。

美輪　虹。それは霊神ですね。

瀬戸内　はい。それは、もうすごかったんです。怖いぐらいだった。護摩《ごま》※を焚《た》いていたら、いきなり、ひょうが降ってきたんですから。だから、この山、とっても怖いんです。

美輪　私も同じような経験をしたんです。家の庭でお祓いをやっていたら、ゴロゴロゴロゴロと鳴り出した。護摩を焚いていたから、近所から、火を焚いているといううんで苦情が出るんじゃないかと心配してると（笑）、とてもいい天気なのに、薄雲が来ちゃった。庭の木まで雲が垂れてきて、小雨がぽつぽつ降り出して、雷が鳴った。

そのとき、ひょいと見たら、焚いていた護摩の煙の中から、十八かそこいらへんの桃太郎みたいな、きれ

※護摩
智慧《ちえ》の火で、迷い・悪業を焼くことをいう。密教では、護摩壇を設け、護摩木を焚き、火中に穀物等を投じて、息災・増益《ぞうやく》・調伏《ちょうぶく》を祈る。

いな美少年が出てきた。不思議な兜《かぶと》をかぶっていて、帝釈天《たいしゃくてん》※や毘沙門天《びしゃもんてん》※みたいな鎧《よろい》を着けてるんですよ。それで、行者さんにそのことを言ったら、「実は、役行者というのは大変な美少年で、美しい人だったらしいです」と。

私、役行者という名前からして、杖《つえ》をついて、髭《ひげ》を生やした、お年寄りというイメージしか持っていないから、驚きましたよ。

瀬戸内　美輪さん好みの美少年だったのね（笑）。

美輪　そうです。それから、少し興味を持ち始めて、ある日あるとき、マネージャーに、「役行者ってどういう人だったのかねえ？　調べてみようかな」と言うと、彼は「役行者のことなら、ここに書いてありますよ」と雑誌を見せてくれたんです。彼が今買ったばか

※帝釈天
仏法の守護者。須弥山《しゅみせん》頂で、東方を守っているという。ヒンドゥー教の神が仏教に入ってきたもの。

※毘沙門天
多聞天《たもんてん》ともいう。仏法の守護者で、須弥山中腹で北方を守っているという。ヒンドゥー教の神が仏教に入ってきたもの。

りの『歴史読本』に、役行者のことが詳しく書いてあったから、また驚きました。
役行者って、讒訴《ざんそ》されて、伊豆へ島流しに遭ってるんですね。
瀬戸内　そうです、島流しされたのです。それで、伊《い》豆《ず》から富士山へ飛んで行くんですね。
美輪　昼間はおとなしく牢屋《ろうや》にいて、夜になると飛んで行ったというんでしょう。私は、そのとき役行者が島流しになった先の伊豆の土地に仕事で来ていた最中だったんです。
瀬戸内　それは、吉野にいらしたほうがいいですね。役行者は、吉野に祀られているんです。
美輪　私、行きたいんですよ。
瀬戸内　吉野に行きなさい。もう絶対、びりびりと来ると思う。素敵ですよ、吉野は。

美輪　それからしばらくの間は、行く先行く先、全部が、役行者が開いたという修験場だったお寺ばっかり行くようになっちゃった。身延山《みのぶさん》の七面山《しちめんさん》※ってありますでしょう。

瀬戸内　私も登りました。大変なところですね、あそこは。

美輪　私は、あの七面山に、毎年行っていたんです。しかも、たった一人で。そして、あるとき登っていて、日蓮宗《にちれんしゅう》※のお坊さんに「七面山の一の池のところに祀ってあるのは、役行者だ」と教えられたことを思い出したんですよ。「実は、あそこは役行者の修験場で、それがあとで日蓮宗にかわったんだ」と、そのお坊さんは教えてくれたんですね。

※身延山の七面山
身延山は山梨県南西部にあり、日蓮宗総本山身延山久遠寺《くおんじ》で知られる。七面山は、身延山地の主峰で、総称としての身延山の一部とされる。

※日蓮宗
日蓮を祖とする一宗派。法華経による成仏と、現世における仏の国の建設を目指す。

竜神※が住んでいると言われる一の池から七面様※が祀ってある本堂にかけて、小さな虹が、ふわっと出ていて、虹の上に雲が乗っかっているのを見たことがあるんです。それが畳四畳半ぐらいの雲。それが虹の雲なんです。

瀬戸内　きれい！

美輪　きれいでしょう。七面様は虹をもって体《たい》をあらわすというけれど、そこに役行者が祀ってあったんですね。一人で拝んで帰ってきました。だから、真言宗も日蓮宗も、霊界では壁がないんですね。宗派もないのね。もっと融通無碍《ゆうずうむげ》というんでしょうかね。

瀬戸内　天台宗※の密教の行者は、みんな、吉野に行くんですよ。若い子たちも。そこで大変な修行をして、それから役行者をお祀りしてあるお堂に帰って、そこ

※竜神
仏法の守護者の一つ。日本古来の信仰では、水中に棲《す》み、水を司《つかさど》る神であり、雨乞い祈願の対象だった。

※七面様
七面大明神のことで、七面天女ともいわれる。

※天台宗
天台大師智顗《ちぎ》を宗祖とし、最澄が伝えた宗派。法華経を根本経典とし、生滅無常を離れて万有の真の姿を求める。

で解散する。みんな、そうなんです。

美輪　なるほど、そうなんですか。でも、素敵ですね、役行者って（笑）。

瀬戸内　でも、美輪さんの前に、兜と鎧を着けた美しい少年の姿で現れたというのがおかしいですよね（笑）。

美輪　そう。顔がとにかく美しいんです。匂うようだった。だから、役行者は、老人のときの姿ばっかり喧《けん》伝《でん》されているのが嫌だったんじゃないかしらん？

瀬戸内　（笑）。たしか去年（一九九九年）だったか、東武美術館で役行者の展覧会があったんです。みんな、おじいさんの顔ばっかりだったけれども、そんなに美しい人でしたか？

美輪　いや、だから、それが嫌なんじゃないですか。

「私の若いころは、こんなにきれいだったんですよ」ということを知らしめたかったんだと思う。だから、自分は文武両道で、ハンサムだったということをみんなに伝えてくれという長慶天皇と同じなんですよ（笑）。

「美輪さんはどうやって霊を見るの？」と聞かれて

瀬戸内　いろいろなものが出てくるのね、美輪さんには。いろいろな霊が見える？

美輪　いや、前はそうだったんですよ。だけども、何もかも見えてあんまり辛いんで、「見えないようにしてちょうだい」って、神様にお願いしたんです。そうしたら、ぴたっと見えなくなった。

ところが、どっこい、見たくないものでも、お役目を授かると見せられちゃうんですよ。この人は嫌いだから助けたくないと思っても、体が上からぐっと鉄の爪で押さえつけられたみたいに苦しくなって、「お役目致すか、致さぬか」と言われちゃうわけです。で、しょうがないから、「します」と答えると、体がふっと楽になるんですよね。

　それで、この人は好きだから何とか助けてあげたいと思って、一生懸命、霊視をしようとするでしょう。何も見えないんですよ。見えないということは、よっぽど運のいい人なのかなと思ったら、そうじゃなくて、見てやる必要はない、まだ修行が足りない、もっと苦労させろ、ということなんですね。おもしろいでしょう。

瀬戸内　オノ・ヨーコ※さんにお会いしたことがあるんですが、あの方も何度もジョン・レノン※の幽霊に会っているんですって。

美輪　ああ、そうでしょうね。とてもきちんとした方でしょ、あの方。私はお目にかかったことないけれど。

※オノ・ヨーコ　アーティスト。一九三三年生まれ。五〇年代はアメリカ、日本の現代音楽家らと活動。六九年、ジョン・レノンと結婚。

※ジョン・レノン　音楽家。一九四〇〜八〇年。イギリス・リヴァプール生まれ。ポール・マッカートニーらとビートルズを結成。世界中にビートルズ旋風を巻き起こす。七〇年、ビートルズの解散後、ヨーコの影響でシンプルでストレートな作品を発表、「イマジン」はその代表的なもの。八〇年、熱狂的なファンに射殺された。

瀬戸内　東京の山の手言葉をお話しになる、とてもきちっとした方です。あの方は、彼に「ああしろ、こうしろ」と、全部教えられるんですって。何度か殺されそうになったときも教えてくれたそうです。ジョン・レノンが死んだあと、いろんな人に付け狙われて、とても命が危なかったのだけれど、そんなとき、ちゃんと出てきて、「子供を連れて逃げろ」とか言ってくれるんですって。

それを彼女の口から聞くと、なるほどと思うんですよ。ほんとうにインテリなんですよね。見るからに知的な方が言うと、なんか不思議な感じでしたよ。

美輪　私なんて、今のような話を聞いても不思議なことは思いません。「隣の人が昨日帰ってきてね」というふうな、普通の世間話に聞こえる。

瀬戸内　美輪さんの場合はそうでしょうね。でも、たとえば、今、ここに人が何人かいますけれど、他にもいろんな霊が遊びに来てるかもしれないわけですよね。それを感じるわけですか？　見えるわけ？

美輪　さっきも言ったように、今は一時のように何もかもいつも見えるわけじゃありません。見ようと思えば見えるときもあるし、見えないときもある。みんな、「自分にはそんな能力がないから見えない。どうやって見えるのか」とお聞きになる。そういう方は、肉眼でいろんなものが具体的に見えるように、つまり眼《め》に映るように見えるのかと思っているわけです。

瀬戸内　じゃないのね。

美輪　そう。たとえば夢をどこでごらんになります？大脳で見ますよね。でも、夢は細かいところまで全部は見えていません。夢で人とお話ししたり、音楽を聴いてるときでも、この実際の耳に聴いてるわけじゃないですよね。

瀬戸内 そうそう、感じているわけよね。

美輪 それと同じことなんですよ。誰しもそういう能力があって、眼を開けて普通にしてるときにも、大脳にはっきり映像が映っている。人によって見え方が違う場合もあるかもしれませんが。

たとえば、瀬戸内さんと今お話ししていて、瀬戸内さんに、「ご自分のお部屋のこと思い出してください」と言ったら、肉眼では私をごらんになりながらも、頭の中では釘《くぎ》の位置や壁の色など全部思い出せますよね。

つまり、人間というのは二重に見えるんですよ。そういう能力をみんな持ってるんです。だから、私なんか、見たこともないものが、大脳の脳裏にパーッと出てきたり、夢の中でお話ししたり、音楽を聴くのと同じような状態で声が聞こえたりするんでしょうね。

瀬戸内　そんなふうに説明してくださったら、とてもよくわかる。人間って、同時に一つのことだけ見たり考えたりしているわけじゃありませんからね。

美輪　そうなんです（笑）。

瀬戸内　今だってお話ししながら、ああ、お腹《なか》がすいたなとか（笑）、昨日の焼き芋がおいしかったなとか、チラッチラッと思ってますからね。

美輪　いろんなこと考えていますでしょう。私はそれがほんとうだと思うんですけどね。それと同じことが、人間の中にはいっぱい起きてるんですよ。

瀬戸内　文学でも〝意識の流れ※〟というのはずいぶん

※意識の流れ
ジェイムズ・ジョイスの『ユリシーズ』での方法をいい、ウルフ、フォークナーなど多くの作家が影響を受けた。日本でも一九三〇年頃からこの方法に倣った作品が生まれ、新心理主義と呼ばれた。

流行《はや》りました。

美輪　そうですね。意識の流れ、それに忠実であれというのが一時流行ったんです。だから、人間というのは、可能性の固まりなんですけど、私ははじめはそういうことを全部否定してたんですよね。今とは、百八十度違っていた。

瀬戸内　そんなことあり得ない、もっと知的に考えるべきだ、合理的じゃないとか（笑）。いつから信じるようになったのですか？　ある機会があってパッとそうなったのか、それとも、気づいていたらそうなってたのですか？

美輪　若いころって、無知でしょ。世の中のことなんて何も知らないじゃありませんか。だから、傲慢だったんですね。結局、この世の中は神も仏もありはしない。科学も宗教も信仰も何もかも人間がつくったものなんだから、あの世もこの世もありはしない。神、仏というのは弱い人間が言う戯言《たわごと》であって、この馬鹿者がと思ってたんですよ（笑）。ただ、時々、電話が鳴っただけで、誰からの電話かわかったり、人の後ろを通ったときにその人の考えていることがわかったりしてはいた。でも、それは偶然そうなっただけだと思ってたんですね。

思ってもみないことが、「口を切る」ように出てきた

瀬戸内　そういう知的な合理主義者が、じゃあ、なにをきっかけに霊の世界を信じるようになったのですか。

美輪　ずいぶん前の話になります。ある女優さんが、結婚する前、相手の人も人気者だったから会社から圧力をかけられて、結婚できるかどうか、すごく悩んでいた。

そしたら、たまたま私のタンゴの先生が、アルゼンチンタンゴを教えているわりにはオカルトみたいな不思議なことが大好きな人で（笑）。私たちは、いい人なんだけれどあれさえなきゃあねえって、軽蔑してたんですよ（笑）。それで、その方が、いい易者を知っ

ているからと、紹介してくれたんです。彼女には「まあ当たるかどうかわかんないけど、気休めにはなるじゃない」と言って、私のうちで見てもらったら、春過ぎたら婚約できて、秋過ぎには結婚できると占いに出た。今までごちゃごちゃしていてまとまらなかったのが、そう言われたんですね。結果はその通りになったけど。

でも、そのときは、まだ当たるか、当たらないのかわかりません。

瀬戸内　ええ、ええ。

美輪　ところがその易者が今度は、「女優さんはよろしい。問題はあなたにあります」と、私に向かって言うんですよ。私は、たしかに昔は苦労したけれど、「メケメケ」※で世にも出ちゃってたし、そのときは飛

※「メケメケ」
ジルベール・ベコーの曲に自作の詞をつける。一九五七年、全身紫ずくめのスタイルも衝撃を与え、「メケメケ」は大ヒット。

※天草四郎
島原の乱の総大将。一六二三〜三八年。本名益《ます》田《だ》時貞《ときさだ》、洗礼名ジェロニモ。三七年、島原と天草の一揆を率いて、九十日に及ぶ籠城を続けた。

※マリア観音
隠れ切支丹《キリシタン》が、聖母マリア像を観音像に似せて作ったもの。赤子を抱き、十字架を配したものなどがある。

ぶ鳥落とす勢いだったし、別に苦労はなかった。
　それで、「なんですか」と聞いたら、易者は「あなたの顔の横に、天草四郎《あまくさしろう》※のような格好をした男の人がいて、後ろにはマリア観音※が見えます。それからあなたのうちは日蓮宗ですね」と言うんです。「いいえ、うちは浄土真宗《じようどしんしゆう》※で、南無阿弥陀仏《なむあみだぶつ》※ですよ」と言ったら、「いや、あなたの体に『寿量品《じゆりようぼん》※第十六』というお経がかかってる」と、言い張るんですよ。

瀬戸内　法華経《ほけきよう》※ね。

美輪　ええ。でも、私はそのときはまったくそんな言葉を受け入れることはできなかった。なあに、うろんなこと言いやがる。こいつはやっぱりインチキだなと思って、「ああ、そうですか」って、お帰り願っちゃった。女優さんにも「まあ、あいつはインチキだった

※浄土真宗
親鸞《しんらん》を祖とする一宗派。阿弥陀仏の力で救われる絶対他力を説き、仏恩への感謝の行として念仏を勧める。

※南無阿弥陀仏
南無は帰命《きみよう》、帰依《きえ》すること。阿弥陀仏に心から従いますという意味。仏の名を唱えることから念仏という。

※寿量品
法華経や華厳経《けごんきよう》、金光明経《こんこうみようきよう》などにある品（章）名のこと。

※法華経
妙法蓮華経の略。白蓮の花のような正しい教えを説く経と

けど、しょうがないや。でも、気休めにはなったでしょ」と言ってたんです。
　ところがその後、大阪の北野劇場※、あそこが今のように映画館じゃなくて劇場だったころ、私、「夏の踊り」で行ったんですよ。そのとき、芦屋《あしや》にいる友だちの家に遊びに行ったんですけど、お食事をいただいてるとき、真言宗のお坊さんがいらしたんです、供養に。そしたら、私の目の前で、そのお年を召した方の頭が突然震え出したんですよ。

瀬戸内　へえ……。

美輪　これはおかしいと思ってね、中気かなんかかしら？　って。それで、私、「おかげんでも悪いんですか」と聞いたところ、「いやいや、お宅の仏が出ておるんじゃよ」って。

いう意で、天台宗、日蓮宗の根本経典。

※北野劇場
大阪梅田にある「ＴＯＨＯシネマズ梅田」の前身。開場は一九三七年。映画上映のみになったのは五九年。

瀬戸内　そのお坊さんは美輪さんの仏様に感応なさったのね。

美輪　それで、「はあ?」と聞いたら、「いや、仏が出ておる。これは切支丹だと思うけど、胸にクロスをかけた若武者で、後ろに観音菩薩がござっしゃる」と言うんです。「あなたは、これを供養するために生まれてきたんだから、よく供養なさい」って。

その前に東京でも同じようなこと言われてたから、「そんなばかなことありますか。じゃあ、どうすればいいんですか」と聞いたら、「東京で言われたのなら、その人にいろいろ聞いて、言われたとおりにやりなさい」と言われて帰ってきて、それで追い返した易者にまた来てもらったんです(笑)。

「実は私はそんなこと信じないんだけど、この科学の世の中に変ですよね。いったいどうしたらいいの?」と言ったら、「じゃあ、まずおうちが日蓮宗かどうか調べてみてください」と。それで、当時長崎のサナトリウムに入っていた父に電話して聞きました。そしたら、「誰にそんなこと言われた」と驚いたんです。で、説明したら、うちはずっと日蓮宗だったけど、父の代で浄土真宗にかえたんだということを聞かされたわけです。

そのとき、初めて自分の身に変なことが起きたんです。思ってもみないことが、勝手にパッパッパッと口をついて出てきたんです。よく「口を切る」と言いますよね。そういう状態。別にトランス状態に入っているわけでもないのに……。

瀬戸内　出てくるのね。

美輪　ええ。口から出てくる。「お父さん、うちのお墓の骨壺《こつつぼ》を入れるところの台座がずれて、そこから雨水が入って骨壺に水がかかってるから、それを直しておいてちょうだい」と、勝手に言葉が出てきた。そしたら「おまえ、なんでそんなこと言うんだ」、「わかんないけど言っちゃった」。父はそれを聞いて言いましたね。「おまえ、キツネかなんか憑《つ》いてるんじゃないか」

それで、とにかくわからないけど、翌日、「行ってみる」と言って、父は別のサナトリウムに入っていた兄と二人でお墓に行ってみたんです。そしたら、唐櫃《かろうと》※のところの石がずれてたんですって。人間の力じゃとても動かせないくらいに重いものなのに。やっぱりいたずらされていたみたい。

※唐櫃
遺体を入れる棺《ひつぎ》の意で、ここでは骨壺を納める石室のこと。

瀬戸内　へえ、不思議ね。

美輪　それが当たっていたので、私はそういうこともあるのかしらねえと思うようになりまして。でも、その後も十年ぐらいはまだ疑っていましたよ（笑）。

亡くなった人の「気配」はあたたかい

瀬戸内　私は、そういう不思議な経験は全然なかったんですよ。およそなかったのね。だけど、口ではうまく言えないけれど、たとえば、ここのところ好きな人がみんな死んじゃって、あとは屑《くず》ばっかりが残っているんですね（笑）。そうすると、なにか気配を感じるというのかな、亡くなったその人のことを思うと、あったかい感じがするんです。みんな次から次へと死んでいくのにちっとも寂しくはないのね。

つまり、なんかいるんですよ、自分の体のすぐ近いところに。私は文章ではそれを「気配を感じる」と書いているんですけどね。だけど、なんだか空気があったかくってね。要するに私、ちっとも寂しくないんです。

美輪　そうなんです。忘れていたような人をふっと思い出したりするでしょう。ということは、その人のエネルギー体がそこに来てるということなんですね。

瀬戸内　そうなんですよね。それで、なんかね、「今来てるわよね」って言いたくなるような気配を、とくに最近いろんな人が次から次、次から次と亡くなって、感じるようになったの。

美輪　それは、瀬戸内さんが意識しだしたからですよ。

瀬戸内　ああ、そうかしら？　そうですね。美輪さんと新幹線の中で再会してから、そうなったのかもしれない。

美輪　いや、でもその前もきっとそういう感じはおありになっていたんだけれど……。

瀬戸内　科学を信じ込んでた（笑）。そんなばかなことないわってね。

美輪　ないわと思っていらしてたから。

瀬戸内　なんか信じたくなかったんですよ。

美輪　そうそう。私もそうでしたから、気持ちはよくわかります。だから意識しなかった、否定してただけの話でね。

瀬戸内　さっき、口を切って出るっておっしゃったでしょ。そういう経験は、このところ顕著にあるんですよ。

法話するときがそうですね。毎月、京都と天台寺で法話をしていまして、そのたびに、これは美輪さんも同じだと思うんだけど、今日はあの話をしようなんて全然思わないわけ。当日お寺に行ってみて、わあ、たくさんの人が並んでるなと思ってね、それからしゃべりだすと、もう後から後から言葉が出てくるのですよ。決して、今日はこう言おうなんてことは考えていなくて、困ったなあと思ってるけど、まあなんとかなるわ、仏さんがしゃべるだろうと思ってるわけ（笑）。そうすると、ほんとうに言葉が出てくるのですね。

美輪　そうなんですよ。

瀬戸内　それで、これは自分がしゃべってるんじゃないなと、だんだん思うようになりました。

それに、最近では、「えいっ」ってやると雨がやむようになった（笑）。せっかく大勢の人がこのお寺まで来てるのに、雨に降られたら可哀想《かわいそう》じゃありませんか。先月だったか、法話のときに雨が降ってしまったので、私、「雨よ、やめ」って念じてみたのですね。そしたら、雨がやんだ。檀家《だんか》さんもまわりの人も、みんな、驚いちゃって。自分でも驚いているんです（笑）。

美輪さんの場合は、もっとすごいわね。今日の法話のとき、美輪さんが本堂に姿を現すと、雷がとどろいて、雨が降り始めた。で、お話が始まるといったん雨はやんだのだけれど、また雷が鳴って、集中豪雨のような雨になったでしょ。

美輪　だからね、私、雷が私を迎えてくれたのはいいけれど、雨がやまなかったでしょ。なぜかしら、なにか悪いことがあるのかしらと、話をしながらずっとずっと考えてた。そしたら、竜神さんが怒っているのが、わかったんですね。

それで、法話のあとに、「この近くに仁王門《におうもん》より外で湧き水の出るところがありませんか？　それも左右対称になっているところです」と聞いたんですよ。

瀬戸内　私はそういうところを知らなかったんですよ。でも、檀家の人に聞いたら、美輪さんがおっしゃるとおりの湧き水が見つかったんですね。山門に登ってくる石段の半ばくらいのところに、両側に湧き水が出ているところがあった。今日、雨が降ったとき、そのあたりは洪水のようなありさまで、人が通れなかったのですって。

美輪　その湧き水が塞がってしまっていて、ちゃんと流れていないから、竜神さんが怒ったんですね。そこには、竜神さんが住んでいらっしゃるんですよ。だから、私、「ちゃんとした井戸にしてください」って、瀬戸内さんにお願いしたんですよね。

瀬戸内　さっそく、きちんとお祀りしますよ。

美輪　私たちの後ろには守護霊も、指導霊もついているんですね。そのほかに、自分の前世の記憶もしゃべられてるんですよ。

瀬戸内　なるほどね。

美輪　だから、さきほども言いましたように、瀬戸内さんがこうして頭を丸めていらっしゃるのも、やっぱり前世からのいろんなつながりがあるから。長慶天皇が導かれたからなんですね。

瀬戸内　私も今では、心からそう思っているのですよ。

美輪　今では、ねぇ(笑)。今、僧籍に身をおいてらして、説法をなさるということは、やっぱり一朝一夕じゃないんですよ。

前世、無量百千万億阿僧祇《あそうぎ》※という長い間、釈迦《しゃか》は生まれ変わり、死に変わりしたと。それが何十億光年よりもっと長い間でしょう（笑）。無数の回数で生まれ変わり、死に変わり、輪廻転生《りんねてんしょう》※を繰り返し、経験を積んで、それで初めて「蛇《じゃ》の道はへび」というわけで、人の心の道筋が理解できているから、人に対する思いやりも生まれてきて、慈悲の心が生まれてくる。そういうことを繰り返して会得してくるわけです。

だから、瀬戸内さんの一生は、この一生だけでなく、その前の前の前もずっと続く長い人生なんですよね。

瀬戸内　うれしいことに、才色兼備の白拍子だったこともありましたしね（笑）。

美輪　私がみた瀬戸内さんのもう一つの前世は、ある画家の方と母子《おやこ》だったんですよ。

※無量百千万億阿僧祇
数えきれないほどの数をいう。

※輪廻転生
この世に存在する者が、生死を何度となく重ねてとどまることがないこと。

瀬戸内　ですってね。以前にそれを聞いて驚きました。

美輪　だから、その長い長い人生の中で会得したものが、ちゃんと瀬戸内さんのコンピュータの中にしまわれているんですよ。

瀬戸内　観世音菩薩が三十三体の変化《へんげ》※の姿をもって、夜叉《やしゃ》※の姿で教化《きょうけ》したほうがいいというときには夜叉になり、色おんなになったほうがいいというときには色おんなになり、童子《どうじ》にもなり、翁《おきな》にも媼《おうな》にも、つまりいろんな姿になって法を説いたように、講話で人の前にいきなり出ても、こういう話を求めている人だなって、どこかでおわかりになる、きっと。そういうものが自然とコンピュータに組み込まれている。普段は忘れていて、意識下に潜ってるんですよ。

美輪　それがね、法話に集まる人は、赤ん坊から九

※三十三体の変化
法華経の中の観音経に、観音は人々を救うために、三十三に姿を変えて現れると説かれている。

※夜叉
毘沙門天の家来で、仏法の守護者だが、後世では、醜怪な容貌で血肉をくらう魔物とされた。

十いくつの年寄りまで、ありとあらゆる階層の老若男女でしょ。みんなが気に入るように言わなきゃならないわけです。みんなが満足して、今日はよかったと思って帰ってもらわなきゃならない。でも、そうしなければならないなんて一度も思ったことないのですよ。そんなこと思ったら怖くて、とても立てないですもの(笑)。

だから何も考えず、ペラペラしゃべると、次から次へと言葉が出てきて、みんなゲラゲラ、ゲラゲラ笑うのよね。

美輪 今日も、瀬戸内さん、一時から法話が始まるというのに、十二時半にはマイク持っていらしたよね(笑)。あの姿見ると、今生《こんじょう》だけの存在じゃないって思わせますよね。

瀬戸内　私、せっかちなんですよ。でも、それでも法話のときは、そわそわして、早くしゃべりたくなるから、とっても不思議なのね（笑）。

教育で重要なのは、どんな価値観で教えるか

美輪　私は、こんな状況でも、ある面で言えば今はいい時代になってきたと思ってるんですよ。

旧ソ連の共産党というのは、ロマノフ王朝※が代替わりしただけでしょ。それで、ずっと封建制度が続いてきたわけだから。つまり軍需産業だけがもうかって、税金をとにかく国民に還元しないで、軍需産業の一部の連中だけがもうかってたわけですよ。米国も含めて軍需産業でもって国家の運営を図るというのが、ずっと長い間続いていた。

ところが日本を見ると、民需産業だけで国家の運営が図れる。大昔、宋《そう》※の時代に、北宋、南宋というのは

※ロマノフ王朝
一六一三年、ミハイル・ロマノフが即位し始まった王朝。一九一七年の革命でニコライ二世が退位、王朝は崩壊。

※宋
九六〇～一二七九年の中国の王朝。

三百年ぐらい戦争がなかったわけでしょう。あの時代と今の日本が似てるわけですよね、流通機構から何から。そうすると、そういう民需産業でもって国家を運営するのが二十一世紀の運営の仕方だということに、人はどこかで気がついたんじゃないかと思うんです。

それと共産主義というのがなぜ間違っていたかというと、人間の個性を計算にいれていなかったから。みんなが平等で、とにかく同じ衣装を着て、同じごはんを食べて、同じ収入を得て、というのは理想はそうかもしれない。けれど、人間というのは考え方から、顔から、趣味嗜好《しこう》から、才能からすべて違って、一人として同じ人はいないんです。

瀬戸内　みんな、違うの。

美輪　パチンコの玉じゃないんですからね（笑）。それを玉だと思って、全部同じだと思ったのが間違いのもとだったんですよね。

瀬戸内　そんなことは決してないのにね。才能というものはみんなそれぞれ違うんだし。「生まれつき」という言葉がありますね。それこそ生まれつき持って生まれたものはみんな違うんですよ。

仏教では三世《さんぜ》※の思想といって、私たちは今、現世を生きているけれど、振り返れば限りない過去世が続いている。前には果てしない来世《らいせ》が続いている。その中間にある現世は、たかだか百年かそこいらでしょ。

それなのに人間はそれを思わないで、今の時代、現世だけで勝負しようとするのね。あの人は金持ちの家に生まれたとか、大学出だから彼は教養があるとか、そういうふうな言い方をするでしょう。だから間違っ

※三世　前世（過去）、現世（現在）、来世（未来）のこと。

てくるんですよね。今は貧乏でも、もしかしたら、ついこの間、向こうの世界では王侯貴族だったかもしれない。

でも、こう言ってる私も、昔はそんなこと考えたこともなかったですものね。

美輪　私も。

瀬戸内　私の受けた教育なんていうのは、それこそ「天皇陛下、天皇陛下」というだけで、そういうこと考えたこともなければ、学校で教えてもくれなかったですよね。もっと教育でそういうこと教えるべきだと思います。

美輪　そう、大賛成！　ですから、私も講演や講話やコンサートの仕事で全国あちこちへ行って、そのたびにお話ししているんです。全世界の教育者や、全世界の保護者たちが、子供を育てるときに、他の人間を見るときの価値観を、目の前にいる人の心がどれだけきれいか、きれいでないか、純度が高いか、低いか、それだけで教えていくべきだって。

みんな、容姿、国籍、年齢、性別、ステータスとか、どういう家に住んでいるとか、車を持っているとか、持っていないとか、ブランドものを持っているとか、そういう目で見えるものだけで人を判断するんじゃなくってね。そうすれば、あの方、どこかの社長夫人よとか、どこかの社長さんよ、というのは通じなくなるんですよね。

瀬戸内　通じなくなる、ほんとに。

美輪　そうなんです。すると、国会議員でございますなんていう過剰な名刺をね……。

瀬戸内　国会議員の妻という名刺を持っている人もいるけれど（笑）。

美輪　そんなものもらったって、「それがどうしたの？　あなたの人格とは関係ないでしょう」って。それに、その人の魂の純度がどれだけきれいかどうかだけが問題だというふうにすると、すべてこの世の中の差別が撤廃される。

瀬戸内　そうなんですよ。だから、今、一番大事なことは教育なの。私もそう思ったから、敦賀《つるが》の女子短大で、四年間だけ学長やったんですよ。※容《い》れ物《もの》はできたけれど、生徒が半分も入らなくて困っていると、頼まれたのです。そこはね、新しいからそんなに飛び切りよくできる子は集まってないのですよ。浪人するのは困るから、まあ入っておこうかなん

※短大学長
一九八八年四月より九二年三月まで、敦賀女子短期大学学長を務める。

て子も多い。そうした子たちはコンプレックスを持ってるでしょ。

だから、私、「なんでコンプレックスなんか持つのよ。学校の成績だけで人間が決まるわけじゃない。あなたたちはほんとうに純粋で、純真で、へんに汚染されていなくて、とても可愛いのよ。もっと自分に誇りを持ちなさい」って、そんなことばっかり教えたんですよ。そうしたら、みんなの顔がみるみる輝いてきたのです。

美輪　そうでしょうね。

瀬戸内　教授会でも、「この子はできないから落としましょう」と人が言うときに、「この子は卒業したら嫁に行ったり、勤めに行くのに、落第させたら可哀想じゃない。この子は、あなたよりずっと心がいいですよ」って反対してた（笑）。

学生に「しっかりやんなさい」とか、そんなことを言ってきたのです。そういう田舎に集まってくる子は、とても素直なのね。素直でとっても可愛くて、無邪気なんです。

美輪　魂がきれいなんですね。

瀬戸内　魂がきれい。それが人間にとっては一番大事なのよ、ということを教えたんですよ。そういう子が卒業して勤めるととってもいいんですって、素直だから。それで、みんなに感謝される。私が学長をしているときはまだこれほど不況じゃなかったから、就職試験でも、全員採用されたんですよ。

美輪　結局、それは真理を教えていらっしゃるから。私は、それこそが教育だと思いますよ。

瀬戸内　そうですよね。そういう教育をするべきだと思うのに、今の教育は偏差値ばかりを重視する。間違ってますよ。だから、小学校まで学級崩壊になってしまっている。

美輪　今では幼稚園まで、そういうふうになってるみたいですよ。みんな、先生の言うことなんか聞かないで、てんでんばらばらに好き勝手にしてるらしいの。だから、偏差値教育を改めるべきですよ。

瀬戸内　私も偏差値をなくしたほうがいいと思う。

信仰と宗教は同じじゃない

美輪　私は、いつも若い人たちに、「自分を育てる親は自分ですよ」と言うんです。親や先生や、年上の人たちは人間の先輩としていいところもいろいろあるけれど、みんな、実は欠点だらけなんだ。だからいいところだけとって、悪いところは捨てればいい、と。

自分自身がいいことを聞いて、それを咀嚼《そしやく》して、いい人になるのも、あなたの一生。いい意見もなにも聞かないで、グレちゃって一生終わるのもあなたの一生。だから、自分を育てる先生も、親も、生徒も子供も、全部自分自身なんだと言うんですね。

よく新興宗教だとか、既成の宗教によってお金を騙《だま》し取られて、うちじゅうバラバラになったとか、いろいろ聞きますけれど、それも一つの菩薩行※だしね。信仰というのは、自分自身を日常の生活の中で神仏と同じレベルに信じ仰げる人間性に高める作業で、自分と神様の直《じか》取引です。その間に入って、問屋みたいにこういうやり方もありまっせ、ああいう拝みかたもありまっせ、グッズも売ってまっせというのが宗教なんですね。

瀬戸内　アハハハハ。信仰と宗教、全然違いますね。

美輪　宗教というのは流通機構の問屋さんであって、企業だと私は思うんです。その企業の中には優良企業もあれば、豊田《とよた》商事※みたいなインチキ企業もある。

　だから、たとえば法王だとか、教え主さんだとか、宗教によって呼び方が違いますけど、そういうトップ

※菩薩行
自らの悟りを求めるとともに、他者が悟りへ至るための手助けをもすること。

※豊田商事事件
一九八〇年代前半に起こった金購入による利殖を騙《かた》る詐欺事件。報道陣の前で会長が刺殺されるという場面もあった。

は会長、社長で統一すればいい。権大僧正《ごんのだいそうじょう》とか、枢《すう》機卿《きけい》だとかは全部副社長だとか、専務だとかいう名前にすればいい（笑）。お寺をあずかっている住職さんとか、教会の牧師さんや神父さんは支店長でいい、と。それからいろいろ勧誘して回っている人たち、折伏《しゃくぶく》※したりしている人たちは、みんな営業部員。

宗教は三井、三菱、住友、丸紅と同じなんだから、たとえば住友ビルの玄関に入って、「私の魂救ってください」と言ったって、誰も救われはしません（笑）。

瀬戸内　うーん（笑）。

美輪　宗教は企業と同じなんです。だから、宗教と信仰を取り違えなさんな。信仰というのは信じて仰ぐと書くんだけれど、神、仏を信じて仰ぐだけじゃなくて、自分をも、神、仏の一員として信じて仰ぎ尊ぶだけの

※折伏
相手の誤りを打破し、正しい教えに従うよう導く教化法。

自分に日々これ努めていって、反省して、心を練り上げていくのが信仰の作業だと。そして、それを手助けするために宗教がある。宗教はそれをただ商売にしてるだけ。それを割り切って、これはこれ、あれはあれと区別なさいと言うと、みんな、目からうろこが落ちるみたいですね。

ですから、やみくもにお坊さんでもなんでも、聖職者だから全人格的であるべきだなんて考えないことですよ。だってもしそうなら、この世に生まれてくる必要なんてないんですからね。修行するためにこの世に生まれてきてるわけで、完成されていたらもう如来※になって、輪廻転生は卒業して解脱《げだつ》※しているはずなんですよね。生まれ変わってくる必要はないんですから。

そういうふうにして考えてみると、ただの人間です

※如来
真理そのものからやって来た存在という意味で、仏をいう。また真理へ到達する存在も如来という。

※解脱
煩悩《ぼんのう》から解き放たれ、迷いの苦から脱し、悟りの境地に達すること。

から、坊さんのくせにとか、教師のくせにとか、言わなくてよくなりますよ。

瀬戸内　それでも、やっぱり、今、坊主は堕落してるわよ（笑）。

美輪　ハハハハハ。

瀬戸内　だってね、こう思いませんか？　昔ね、みんなが教養もなくて素朴だったときには、お坊さんを「ありがとうございます」と拝んだでしょう、手を合わせて。それはやっぱり、自分のできないことをお坊さんがしていたからなんです。

たとえばセックスを絶つとか、美味《おい》しいものを食べないとか、酒を飲まないとか、陰では飲んでいても、まあ、おおっぴらには飲まないとか、普通の人ができないことをやっぱりやってたんですよ。今の坊さんは、普通以下だもの。妾《めかけ》もいれば、自動車も持って、別荘まで持ってる。お寺は金儲《かねもう》け第一だし、普通の人よりひどいですよ。

美輪 それはだけど、弓削道鏡《ゆげのどうきょう》※の昔からありますよ。

瀬戸内 そう、昔からあるにはありました。

美輪 だから日蓮《にちれん》※が怒ったんじゃありませんか。

瀬戸内 だけど、それぞれの時代に、ちゃんと日蓮みたいな人が出てきたじゃないですか。今は、もうひどいですよ。お寺に入ったらお金を取ることだけでしょう。もうちょっとお坊さんは、これだけはしないということを自分でやっぱり持ってなきゃ……。

美輪 おっしゃることはわかりますよ。だけど、河内《こうち》山宗春《やまそうしゅん》※だってそうだし、それから、いろんなお芝居やドラマや文献にも、なまぐさ坊主が山のように出て

※弓削道鏡
奈良時代の僧。孝謙上皇（のち称徳天皇）の信頼厚く、法王に昇りつめるが、称徳天皇の没後、失脚。

※日蓮
鎌倉中期の僧、日蓮宗の開祖。法華経の信仰を固め、他宗と激しく対立。天災、疫病等の社会不安に対し、一二六〇年、『立正安国論《りっしょうあんこくろん》』を幕府に献ずるが、伊豆、佐渡へ配流される。

※河内山宗春
江戸時代後期の茶坊主。水戸家の闇富くじ事件で同家をゆすり、獄死。明治になって、

くるし、なまぐさ比丘尼《びくに》※も出てくる。弓削道鏡やラスプーチン※の昔からずっとなまぐさはいるわけだし、お釈迦さんも、祇園精舎《ぎおんしょうじゃ》※の中で、坊さんや比丘尼たちがあんまりひどいんでね、それで戒律をいっぱいつくっちゃった。

瀬戸内　戒律ってね、実は全部守れないことなんですよ（笑）。守れないことが、お釈迦さんの目に余ったから、「これはいけません、これもいけません」と注意なさった。

でも、お釈迦さんも戒律を定めながら、誰もがすべて守るなんて思ってはいなかったのですね。

美輪　そうなんですね。

瀬戸内　ただ、それを犯すとき、「ああ、すみません」て、そういう気持ちを持ちなさいということなのです

河竹黙阿弥《かわたけもくあみ》の歌舞伎などで宗俊として登場、無頼な快男児に美化された。

※比丘尼
出家した女子、尼僧のこと。男は比丘という。

※ラスプーチン
ロシアの怪僧。一八七一頃～一九一六年。皇太子の不治の病を治し、ニコライ二世の信頼を得、国政に関与。絶大な権力をふるうが、反対勢力に暗殺される。

※祇園精舎
須達《しゅだつ》長者が釈迦と弟子たちに寄進した寺院。

よ（笑）。懺悔《ざんげ》をすすめる日蓮宗はそうでしょう。あれは懺悔滅罪《めつざい》※の宗派だからね。

懺悔をするように人間はできてる。悪いことばっかり毎日、毎日やっていてね。夜、「今日は悪いことしてごめんなさい」って懺悔して、ぐっすり眠ったら、朝にはすっかり忘れて、また日中悪いことをする。夜になって、また、「昨夜懺悔しましたが、今日またやっちゃいました。ごめんなさい」と言って祈って、次の日、悪いことを繰り返す（笑）。

美輪　キリスト教もみんなそうですね。

瀬戸内　人間は死ぬまで凡夫《ぼんぷ》※なんだからだめなんですよ。同じ過ちをいくらでも繰り返す。でも、十回も二十回も懺悔していたら、ああ、ほんとうに自分は凡夫だ、おバカちゃんだと気づきますよ。それが大切なの

※懺悔滅罪
自分の犯した罪悪に気づき、仏に告白して許しを請い、罪を消し去ること。

※凡夫
欲望や執着などの煩悩に縛られて生きている人間のこと。

です。そこから謙虚になれる。ただ恥を持っていないでしょ、今の金儲け主義の坊さんは（笑）。

美輪　恥と誇りをね。

瀬戸内　持ってないんですよ。

「想念」を切り換えると怨霊も救われる

美輪　私、信仰のことを考えるようになっていろいろわかったことがあるんですね。霊が見えたり、感じる人って、たくさんいらっしゃるのに、中には霊を背負っちゃう人もいるんです。背負ってしまってまわりの人が次々と亡くなる人とか、いる。でも、私はそうはならない。

やっぱりレベルというのがあるんでしょうね。小学生に大学生向けの講義をしてもわからないでしょう。小学校、中学、高校、大学と学んでいって、はじめて大学院の講義がわかる。そういうもんだと思うんですね。

瀬戸内　お釈迦さんは相手を見て法を説きましたから

ね。

美輪　そういうことなんですね。もう一つ、私は法華経に守られてるんです。南無阿弥陀仏というのは、阿弥陀如来※だけを呼び出すわけですね。阿弥陀如来というのは、西方浄土《さいほうじようど》、つまり極楽のテリトリーを、死者を統括する如来です。

ということは、南無阿弥陀仏、南無阿弥陀仏と唱えることは、「あの世で、きっといいところに行けますようにお願いします」ということで、それによって死者は阿弥陀如来に手を引かれていって、仏になるものらしいのです。だから、南無阿弥陀仏は死者の霊を慰めるためにあるんですね。南無阿弥陀仏は死者のためのお経です。

じゃあ、生者、生きている者のためにはなにがある

※阿弥陀如来
限りない光（無量光）と限りない命（無量寿）の仏という意味で、その住む国が西方にあるとされる極楽浄土。念仏者をそこへ救い入れるという。浄土宗、浄土真宗の本尊。

のかと、調べていったんです。それが南《な》無《む》妙《みょう》法《ほう》蓮《れん》華《げ》経《きょう》※だったんですね。南無妙法蓮華経は、日蓮がこの地球に生きている者の波動を活性化するために唱えた音波、つまり言霊《ことだま》※なんです。

瀬戸内　ええ、南無妙法蓮華経は活性化しますね。

美輪　だから、天台宗では、朝題目に夕念仏※とか、言いますよね。つまり、昼間は活性化して、ビビッドで、よしやるぞというときには、スタミナ源としてお題目をあげる。

瀬戸内　南無妙法蓮華経というのは、ほんとうに力が湧いてくるのですね。あれはよくできてますね。インドへ行くと、小さい子供までも南無妙法蓮華経と言いますよ。日蓮宗が布教に行って、信者を開拓していますからね。だから、みんな、お坊さんを見ると、南無妙法

※南無妙法蓮華経　妙法蓮華経（法華経）に南無（帰命）するという意味。経の題名を唱えることから題目という。

※言霊　ことばに宿ると信じられた霊力。

※朝題目に夕念仏　天台宗で、朝に法華経を読み、夕に阿弥陀経を誦《じゅ》することをいう。

蓮華経と言うんですよ。これはよく考えたものですね。

美輪 おっしゃるとおりなんです。

瀬戸内 それで太鼓を叩《たた》くからね。だから、インドは、ほんとうは日蓮宗ですよ。インド全土が。ずいぶん小さな子まで南無妙法蓮華経と言うから、びっくり仰天で、最初はなに言ってるのかと思ったぐらいです。

美輪 へえ、じゃあインドも変わるかもしれませんね。

瀬戸内 ええ。

美輪 私、信仰を考えるようになってから、死が怖くなくなりましたね。

瀬戸内 それは、わかりますね。

美輪 人間の肉体というのはタンパク質、カルシウムでしょう。タンパク質を細分化するとＤＮＡ※ですよね。ＤＮＡが集まって染色体になっている。それをまた細

※ＤＮＡ デオキシリボ核酸のこと。細胞の遺伝子情報を持ち、それを伝達する役割を持つ。

分化すると原子になるわけですね。だから私たちは原子の固まりなわけですよ。寄り集まり。それで原子というのは、肉眼で見えないような微細なものではあるけれど、何十万の人をいちどきに殺すだけのエネルギー体でもあるわけです。

ですから魂とか霊魂とかいわれているのは、未発見の素子じゃないかという話なんですね。未発見の素子で、つまり石綿と同じように火をつけても燃えない、不燃性のもので、ミクロの世界のものでね。それが生命の誕生というときには、ちょうど真珠貝のなかに核を入れると、タンパク質、カルシウムが取り囲み、やがて時満ちて真珠が取り出されるように、人間の場合もセックスのときに、女性器の中へ核である素子が入って、それがタンパク質、カルシウムで囲まれて、時満ちて十カ月後に人間が誕生する。

一方、死というのは、人間の肉体が原子に還元されるわけですよ。病気や怪我《けが》というのは、自動車でいう修理に入るわけ。修理工場に入って、パーツ交換したりいろんなことをする。それで最後にはとうとうエンジンが止まっちゃって、ぽんこつになってプレスされる。それが墓場ということです。

だけど素子である魂とか、そういうミクロの素子では、へその緒が切れるといいますよね。シャーリー・マクレーン※の『アウト・オン・ア・リム』にも書かれているように、銀の糸がこう、へそというか、玉の緒が切れるようにプツンと切れたときに、原子は原子、素子は素子というふうにピッと分かれて、その素子は宇宙を浮遊しているんです。

※シャーリー・マクレーン　アメリカの女優。一九三四年生まれ。八四年、『愛と追憶の日々』でアカデミー主演女優賞。著書の『アウト・オン・ア・リム』では、体外遊離体験をはじめ、霊的世界に触れている。

光というのは一秒間で地球を七回り半も回るくらい、ものすごく速いそうですが、人間の魂、素子といわれるものは、多分、もっと速いんだろうと思うんですよね。ですから、今話していても、アメリカあたりにいる素子、つまり魂もすぐここへ、三次元も四次元も通過できるだけのすごい速さで、飛んでくることができる。だってコンコルドでさえあの速さですからね、物質なのに。

魂とはそういうものではないかと、私、最近、つくづく思っています。だから、死は全然怖くない。

瀬戸内　私も、死は全然怖くない。

美輪　あと極楽というのはなんだろうといったらね。今までいろんな霊媒※が霊をおろしているのを見ているとね、怨霊※というのは想念がストップモーションにな

※霊媒
神霊や死者の霊がのりうつり、その霊の言葉を伝える者。

※怨霊
うらみを抱いて、たたりを起こす霊。いまだ安らっていない霊。

っているんですね、現世に。

なぜ、キリスト教では、死ぬときに告白させ、懺悔させるかというと、過去にこだわらないで、過去を全部捨てて、未来に意識を向けるということのためなわけで、それは仏教では引導《いんどう》※を渡すと言います。

瀬戸内　うん、うん。

美輪　「お前は死んだんだよ。肉体がなくなったんだよ」。肉体がないということは、肉体による痛み、苦しみ、悩み、老後の不安、仕事の辛さ、そういうものからいっさい解き放されて、楽な状態、つまり、きわめて楽ですよね。そういう状態になったんですから、「もう、あなたは痛くないんですよ。苦しくないんですよ」ということを言ってきかせる。

「もとの素子に戻ったんだから、あなたの、意識、想

※引導
人を導いて仏道に入れること。転じて、葬儀の時、僧が死者に仏界に入れるように与える法語、作法のこと。

念、イメージだけでどうにでもなるんですよ」と。だから、イメージが輝いて、美しくて、清らかな心であれば即、住んでいる場所が美しくて、清らかで、光り輝くところに住むし、その人の想念が汚れていて、過去にこだわっていて、おれは苦しいとか、痛いとか、あいつに殺されたとか、畜生なんて、ストップモーションになって過去にとらわれていれば、その忌まわしい思い込みの状態が即、住む状態になるんですね。

「それは想念があるからなんだ、想念を切り換えて、あなたはもう過去とは違うんですよ」って言ってきかせるんです、霊に。

「見てごらんなさい。あなたの足が切れたとかなんとか大騒ぎしているけれど、ちゃんと普通の足に戻っているじゃないか」と言うと、「あれ、どうしたんだろう? いつの間に足が治っているんだ。おれの足はなかったんだぜ」と言う。「あなた、よぼよぼだと言うけれど、二十五歳ぐらいにしか見えない。自分で鏡見てごらんなさい」と言うと、「あれ? おかしいな」と言うんです。想念が変わるとパーッとすべてが変わってくるわけです。

うちの父の霊を呼んだときには、やっぱりグジャグジャしてたんですね。それが成仏するときには楽になったんです。父と話をしていると、「あれあれ、引き窓が引かれて明かりがさしてきた」と言うんですよ。「あれ、なんだ、この光は?」、「あなたの心に光が見えたから、その光の状態の中に住むようになったんですよ」と暗示をかけるように言って、明るい気持ちにさせてあげるでしょう。すると「あれ、あれ、まああるい光がさしてきた。わあ、なんてきれいなんだろう」って言いだすんですよ。

そういうことに何度もでくわしたから、トータルにして、なるほど想念の切り換えかた次第だなと思ったんですね。私、「地獄、極楽は胸三寸にある」というのはこのことかとはじめてわかった。

霊に対していろいろ聞かせたり、「こんな考え方もあるからこうしなさい、ああしなさい」ということは全部お釈迦様が言っていること。ただ、人間というのは忘れてしまうから、忘れないように何度も同じことを言ってきかせるわけです。

それを聞いて、霊も、「ああ、そうか。こういう発想の転換をはかればいいんだな」ということがわかる。身の上相談、それがお経なんですよ。それを、「霊なんかありゃしない」というお坊さんもいます。じゃあ、あなたはなんのためにお経なんかあげるのかということになるじゃないですか。

そして、インチキをして、霊的なもので食っている人たちが多いのも事実です。

瀬戸内　頭にくるわね。ああいう人たちは、詐欺師ですよ。

美輪　だけど、そういうインチキな人は、今度は自分の想念以外の力が働いて、あの世に行ったときに怖い思いをする。そういうのをいっぱい見てきましたけどね。そうすると、真っ暗闇の中から出られないんですよ。どこを叩いても、ある一定の期間出られないというふうになっているみたいですね。自殺者みたいなもんでね。

瀬戸内　ああ、そうなの。可哀想ね。じゃあ、三島由紀夫※さんの場合は？　あれも自殺でしょ。

美輪　ええ。

瀬戸内　ああいうときはどうなるの？　彼はどうなったんです？

美輪　大変でしたね。五年ぐらい成仏できなかったんじゃないですか。

瀬戸内　わあ……。

美輪　私、もっとかかるかと思ってましたよ。でもね、六年目ぐらいにわぁっと楽になったんですよね。それで、あ、やっと楽になったかと思いましたから。

　最初、ある行者さんが、先祖供養したいからといってうちに来たんですよ。素朴な人でね。その人ったら、うちの仏間に案内した途端にダーッと逃げだしちゃっ

※三島由紀夫　作家。一九二五〜七〇年。四四年、処女短編集『花ざかりの森』出版、『仮面の告白』で作家の地位を確立。以後、小説、戯曲に意欲作、話題作を発表する一方、映画出演、自衛隊体験入隊などを行う。七〇年、楯《たて》の会の学生とともに市ケ谷《いちがや》の陸上自衛隊東部方面総監部に乗りこみ、割腹自殺。

た。

瀬戸内　なんで？　怖かったんですか。

美輪　「わぁぁ」って、玄関のところまで行っちゃったの。それで、「帰る」と言うんですよ。

瀬戸内　ああ……。

美輪　首のないのがいたと言うんですよ。その人、知らないんですよ、私が三島さんをも供養していることを。なのに「首のないのが血だらけになって椅子に座ってた」って。私はとにかく「ごめんなさい」と言って、帰ってもらいました。

自決から六年目ぐらいですよ、スーッと手触りがきれいになってきたのは。今はまったくきれいです。

瀬戸内　ああ、よかった。ほんとうによかった。

三島由紀夫に取り憑いた強力な霊

瀬戸内　三島さんは、霊的なものは信じた方なんですか。

美輪　初めは信じなかったから、私の言うことは聞いてくれなかったんです。鼻で笑ってました。

実は、亡くなる一年ほど前のお正月に三島さんの家に行ったときに、天草四郎の霊を霊媒で呼び出したときのテープを持っていったんです。それを聞かせてもまるっきり信じなかったんだけれど、そのとき、三島さんが私をからかい気味に「この中の誰かになにか憑《つ》いているのがいるか？」とおっしゃった。で、私はぐるりと見回して、「あなた」と言ったら、冗談だと思ったらしく、「うわあ、おっかねえ、おっかねえ」と。「じゃあ、どんなのが憑いてるんだ、おれには」と笑ったんです。

私には三島さんに、戦時中の憲兵みたいな格好している男が憑いているのが見えたんです。カーキ色の服を着て、帽子をかぶっていた。三島さんに「思い当たる節《ふし》はない？」と聞いたら、「ある」と。「思い当たる人をあげて」と言うと、三島さんは、小林、甘粕《あまかす》と名前をあげたけれど、磯部《いそべ》※と言ったときに、その男の姿がパッと消えた。その人が憑いてたんですね。二・二六事件※の反乱軍の将校の一人で、天を恨み、国を恨み、親を恨みと呪いに呪いまくった遺書が出てきた人だと言ってました。

奥さんの瑤子《ようこ》さん※が、「そういえば、この人、どん

※磯部浅一《あさいち》
陸軍軍人、二・二六事件の主謀者。一九〇五〜三七年。二・二六事件を指導し、死刑。

※二・二六事件
一九三六年二月二十六日に起こった陸軍皇道派青年将校のクーデタ。

※瑤子さん
三島の妻平岡瑤子。一九三七〜九五年。日本画家・杉山寧《すぎやまやすし》の長女で、日本女子大学在学中の五八年六月、結婚。

な長編を書いてもやつれることはなかったのに、『英霊の声』※を書いたときに、書斎から出てきたら、幽霊みたいに痩せこけて大変だったのよ」と言ったんです。そしたら、三島さんも「おれも心当たりがある」と。

あの人は、原稿は必ず夜中の十二時に書き始めて、少しでも眠くなれば、脇に置いてある長椅子に横になって、五分でも十分でも寝て、それから改めて書くようにしてたらしい。眠気を催しながら書くことは、自分として許せなかったんですって。それが、『英霊の声』を書いてるとき、眠くて眠くてしょうがないのに筆だけが闊達《かったつ》に動いた、と。そして、「自分の表現でも言葉でも書体でもないから書き直そうとしても、絶対書き直せないある力が働いた」とおっしゃった。

瀬戸内　磯部の霊というのはわかる感じがするわね。

※『英霊の声』
一九六六年六月刊。霊媒を通して、二・二六事件の青年将校の霊、神風特別攻撃隊員の霊の声を聞くという設定。

私は、『英霊の声』を読んだとき、なんかすごい迫力で、とても感動したのですよ。それで、三島さんに「今度の『英霊の声』もすごい」とファンレターを出したの。そうしたら、三島さんが、「ほんとうに自分じゃないような力がのり移って書いた。瀬戸内さんはひいきの引き倒しだ」と、そうおっしゃいました。

美輪　不本意だったんですね。自分は推敲《すいこう》して書き直したいと思っているんだけれども、それをさせない力が働いた。

瀬戸内　あれが掲載された『文藝』の編集長の寺田《てらだ》博《ひろし》さんも、当時、「原稿をもらって怖かった」と言ってましたよ。三島さんは、寺田さんにも、やはり「何かがのり移って、自分じゃないものが書いた」って言ったそうですよ。

美輪　三島さんが亡くなった後、お母さんが、「公威《きみたけ》さんが公威さんじゃなくなったのは、『英霊の声』あたりからです」と、おっしゃった。私が霊視したときのことはご存じないのに、偉大な母性本能の直感でわかったんですよ。

瀬戸内　でも、三島さんは美輪さんが霊視なさったことは信じたのでしょ？

美輪　いや、そのときは半信半疑だったんじゃないですか。私が、「これは大変なことになるからお祓いしましょう。でも、これをとるのはもの凄《すご》い霊能力が必要ですよ」と言うと、その席にいた女優が、「丸山さん——当時、私は丸山だったから——、なんとかしてあげて。三島さんにへんなことがあったら大変だから」と泣きだしちゃった。けれど、奥さんの瑤子さんに「冗談じゃない。そんなお祓いなんかされたら、楯の会※も解散することになるかもしれない。制服もつくったばっかりでお金もかかっているのよ」と冗談にされてしまった。で、私もしょうがないなと思ったから、「そうですね、余計なお世話ですね」と、それ以上は言いませんでした。

瀬戸内　そのとき、楯の会を解散してたらよかったのにね。

美輪　でも、私、気になったから、三島さんのところに何度も電話をするわけ。それまで通じないことはなかったのに、全然通じないの。で、「三島さんが、ずいぶん、丸山さんのところに電話しているらしいよ」ということを共通の友達から聞いたのに、その電話は一度も私には通じなかったんです。

※楯の会
三島が創設した民間防衛組織。一九六七年、三島は自衛隊に体験入隊するとともに、民族派学生との交流を深め、その過程で組織が形作られた。翌年十月、結成式。

そして、結局、会ったのは一年後。三島さんが死ぬことを覚悟して、最後の別れに日劇に見えたときでした。結局、霊のほうが強かったんですよ。私の力が足りなかったんですね、あのとき。

瀬戸内　一緒に亡くなった森田※という人には霊は憑いてなかったのですか。

美輪　憑いてなかった。森田さんは、前世で三島さんとやはり因縁があった人なんでしょうね。霊というのは、三島さんみたいに純粋な人に取り憑きやすい。あの人とずっとつきあっていて感じたのは、本当に純粋で、幼な児《ご》みたいな魂の持ち主だってことなんです。『日本少年』※とか、『少年倶楽部《クラブ》』※で育った時代なんですよね。少年というのは凜々《りり》しくて、潔く清くて、正しくて、優しくて、思いやりがあって、親孝行だと

※森田必勝《まさかつ》
楯の会・学生長。一九四五～七〇年。市ヶ谷の陸上自衛隊東部方面総監部で自刃。

※『日本少年』
最盛期は大正年間で、連載された有本芳水《ありもとほうすい》の少年詩は、当時の少年に愛誦《あいしょう》されたという。

※『少年倶楽部』
大正末期から部数を伸ばし、戦前期には推理小説、空想科学小説を載せるなど新鮮な誌面を作った。戦後は『少年クラブ』となる。

いう『少年倶楽部』の世界そのままを律儀に全部、細胞の中にまでしみこませて、そのまま死んじゃった人なんです。普通、中年になったら、世俗的な手垢《てあか》がついてきて、小ずるくなったり、いろいろするじゃないですか。それに全然染まらなかった不思議な人でしたよ。

瀬戸内　私が一番最初に出会ったのは、夫の家を出て、京都で貧乏していたころです。当時勤めていた出版社がつぶれて、京大の付属病院の研究室にいれてもらって、そこでシャーレや試験管を洗ったりして、研究する人の下っぱの仕事をしていたのね。で、そこの服部《はっとり》さんという偉い先生に「何をしたいのか？」と聞かれたから、「今は生活のためにこんなことをしていますけれど、ほんとうは小説を書きたいんです」と言ったら、図書館で働けるようにしてくれたのです。すごく立派な図書館だった。

でも、医者っていうのは全然図書館に来ないから、一日中、暇で暇でしょうがないの(笑)。だから、こんないいことはないと思って、そこで少女小説を書いて、東京の出版社に送ったりしていました。

そのときに、暇だから、初めて三島さんにファンレターを書いたんですよ。そうしたら、三島さんから、「ぼくは返事は出さない主義だが、君の手紙は能天気でおもしろいから、つい返事を書きたくなった」と意外なことに返事が来たの。それから文通が始まったんです。

少女小説を応募するのに名前が必要になって、自分がこしらえた五つの候補を書いて、「どれがいいか選んでください」と、送ったんです。で、これがいいと三島さんが二重丸をつけてきたのが、三谷晴美という私の戸籍の名だった。三島の三がついてるからかなと思った。

美輪　その名で書いた小説が当選したんですね。

瀬戸内　ええ、初めて活字になった『青い花』※という小説です。私はうれしくてしょうがないから、三島さんに報告すると、「名づけ親に原稿料の一部を送るべし」と返事が来た。ピースを買って送りました（笑）。

美輪　あの人は冗談が大好きなんですよ。

瀬戸内　そういうので、とても楽しい文通をしてたのね。

立派な家が建つ前のお家、あそこにも行きましたよ。上京したらいらっしゃいと手紙をいただいていて。ち

※『青い花』
三谷晴美のペンネームで投稿した少女小説。『少女世界』一九五〇年十二月号に掲載、二十八歳の時であった。はじめて原稿料を手にする。

ょうど、私の東京女子大の上級生が、三島さんに頼まれて英語の手紙を書いてたんですね。三島さんは、ご自分でも英語は書けるけれど、やっぱりもっと上手な人に書いてもらいたいということだったみたい。で、その上級生が「三島さんとこ行くけれど、行く？」と聞くから、「行く行く」とついてったんですよ（笑）。

美輪　緑が丘のお家※ですね？

瀬戸内　そうそう。普通の家ですよ。玄関脇に二畳か三畳の編集者が待つ部屋があって、そこにいれられて待っていたら、近くでトイレを流す音が聞こえてきたのね。そしたら、痩せて、貧相な男が出てきましたの。書生風の紺絣《こんがすり》の着物を着て、細くて青白いのに、とても濃い脛毛《すねげ》が短い着物の裾から出ていた。ねぎに毛が生えているみたいだった（笑）。

※緑が丘の家
三島は、目黒区緑が丘に、一九五〇年八月より、大田区南《みなみ》馬込《まごめ》の新居が完成する五九年五月まで暮らした。

ただ、目が爛々《らんらん》としていて、それはもう、ぞっとするほどきれいで。

美輪　きれいだったでしょう。赤ちゃんみたいに。

瀬戸内　目がきらきら光ってて中で燐《りん》が燃えているようで、私には金色に見えましたよ。暗闇の猫の目みたいに光っていた。これが天才の目かと思いましたね。姿形は貧相だけれども、目はわぁっというほど美しくて、ほんとうに感動しましたよ。

美輪　それで、眉毛から額にかけて、うぶ毛がそっと生えている。これがまた美しかった。

自分の魂の目で自分を見ない人生は……

美輪　私は三島さんがだんだんと変わっていくのを、ずっと見てましたけれど、最初にお目にかかったときは、青年作家で売り出しの真っ最中だったんですよ。ちょうど『仮面の告白』※で世間が注目して大騒ぎで、『禁色』《きんじき》※を出したばかりのとき。

瀬戸内　『禁色』のときは、ほんとうにあの方は得意の絶頂だったんですよね。

美輪　『禁色』の舞台「ルドン」※のモデルになった「ブランスウィック」というお店に、私がアルバイトで勤めてたんです。そこへ三島さんが、新潮社の人たちと来て、その席に呼ばれたんですよ。

※『仮面の告白』
一九四九年七月刊。自伝的色彩の濃い作品で、反響も大きく、作家としての地位を確立する。

※『禁色』
一九五一年十一月刊。『仮面の告白』と同様、同性愛者を主人公とした小説。

※「ルドン」
『禁色』の中で、同性愛者が集まる喫茶店兼バー。これは当時銀座五丁目にあった「ブ

私は反権力だから、何が新進作家だとムッとしてね（笑）。リーゼントで背広にネクタイで、ワハハハってやっている取り巻きも気に入らなくて行かなかったら、六回ぐらい呼びに来たので、仕方なく行ったら、「何か飲むか」と言うから、「芸者じゃありませんから結構です」（笑）。そうしたら、「可愛くない子だな」と言われて「私はきれいだから、可愛くなくてもいいんです」と返すと、唖然《あぜん》としていた。しばらくたってから、「もうよろしいですか。あんまり見られて穴が開く前に帰ります」って席を立ったから、さんざん悪口を言われたみたいなんだけど、でも、おもしろかったらしいんです。

瀬戸内　そうでしょう。普段はへいこらされているからね。そんな人はおもしろい。

ランスウィック」をモデルとしていた。

美輪　またすぐいらした。また呼ばれて、今度はいくらなんでも反抗することもないから、私も話したんですよ。そしたら、ルパシカ※を着ていた私の服装の悪口をさんざん言うんですよ。
　それからも、着ているものについてはよく言われました。私がビジュアル系のファッションで「メケメケ」を歌ったときも、三島さんは、「君の歌は天才だと認めるけれども、その格好は天才とは認めない、天災だ」と。

瀬戸内　自分だって、変な格好をするじゃないのね(笑)。

美輪　いや、そのころご自分はまだ背広にネクタイだったんですよ。あれは多分昭和三十三年（一九五八）ぐらいかな、新宿の「フクワ」というバーで一緒にダ

※ルパシカ
ロシアの民族衣装で、男子が着用する。詰襟、左脇寄りの前開きで、ゆったりとしたブラウス風上着。

ンスを踊ったことがあるんです。

そのときの三島さんも背広だったけれど、当時はずんどこズボンにパットの背広時代だから、肩から胸にかけてパットがいっぱい入ってた。で、私が、「あら、パット、パット、パット。三島さん、中身はどこに行っちゃったの？　行方不明だ、大変、捜索願いを出さなくちゃ」と言った。そうしたら、真っ青になって怒ってね。あの人、怒ると、こめかみにピーッと青い筋が入っちゃう。それで、いつも冗談を言ったら、冗談で軽いジャブを返してくるのに「おれは不愉快だ、帰る」と言って、お金も払わないで帰っちゃったんです。

それで、私、ただパットだらけだから、「三島さんどこかへ行っちゃった」と言っただけなのに、そんな悪いこと言っちゃったのかと思ったんだけど。若さの残酷さでしたね。

瀬戸内　三島さんのコンプレックスに触れてしまったんですね。

美輪　そういえば、その前に、私、三島さんと話したことがあったんです。「肉体より精神だ、魂だ」ってね。だけど、そのとき、彼は「魂より肉体だ」と言ったわけ。もちろん、三島さんは本筋では魂とかそういうものを大事にする人なんですよ。

ところが、結局、肉体を小さいころからばかにされてきたから、とにかく肉体だと思うようになったわけ。「君は可愛いとかきれいだとか、小さいときからそうやってほめそやされてきた。だから、きれいだと言われてもうれしくなんてないだろう」と言うんです。「そう。当たり前だと思ってるもの。こんにちは、さよならと同じ意味よ、私にとっては」と答えたんです。するとロ「君と僕は同じぐらいの審美眼を持ってる。同じ審美眼を持つ君は、自分の審美眼で許される範囲のものがいつも鏡に映し出される。ところが同じ審美眼を持ちながら、僕の見る鏡には許すべからざるものが映っている。それが自分の顔なんだよ。それを一生引きずっていかなければいけない人間の気持ちがわかるか」と、言われたんです。

瀬戸内　そんなにみっともなくなかったのにね、あの人。

美輪　でも、彼は言われ続けてきたから、それがトラウマになっていて、自分の魂の目で自分の顔を見るような習慣がなかったんですね。学習院時代※の小さいころからいろいろと悪口を言われて、曇った目で自分を

※学習院時代
三島が学習院に在学していたのは、初等科、中等科、高等科の一九三一年四月から四四年九月までの十三年五カ月。三島は当時の学習院を、硬派の堅苦しいモラルと上流社会の乱れたモラルが混じりあっていたと回想している。

見ちゃうしかなかった。

「フクワ」の一件があってから、ずっと音信不通になってしまってね。ところが、半年以上たったころ、いきなり電話で後楽園のジムまで呼び出されたんです。しかも朝。私にとっては真夜中。「かんべんしてくださいよ」と言ったんだけど、「いや、すぐ来たまえ。来るべし」ときかないの。しょうがないから後楽園まで行きました。そうしたら、ボディビル※やってらした。それで、「どうだ」と言うから、まだあまり筋肉はついてなくてそれほどはたいした身体《からだ》になってはいなかったけど、私、ほめました（笑）。

するとと、また私の着てるものをぼろくそに言うんですよ。まあ、私も大して地味なものは着てませんでしたけど（笑）。で、「でもあなただって、ほんとうはし

※ボディビル
幼い頃から肉体的コンプレックスを強烈に持っていた三島は、三十歳の夏からボディビルを始める。その後、ボクシング、剣道、居合、空手へと進んでいった。

たいおしゃれや、お召しになりたいものが他にもあるでしょうに。どんなおしゃれをなさりたいの？　何を着たいの？　ほんとうのことをおっしゃいよ」と聞いたら、もじもじとジーンズと革ジャンを着たいとおっしゃるじゃありませんか。で、私は、御徒町《おかちまち》まで一緒に行ったんですよ。ジーンズと革ジャンを買いに。

瀬戸内　じゃ、三島さんの最初のジーンズは、美輪さんと買ったのね（笑）。

美輪　帝国ホテルもどこも、ジーンズとサングラスのお客はお断りという時代だったんですよ。だから、お宅へうかがったら、お母さまに※、「公威さんが、ああいう下品な格好をするようになったのは、丸山さんのせいでしょう、恨みますよ」って、言われました。それからお母さまが煙たくなって、お留守のときにしか

※三島の父母
父平岡梓《あずさ》（一八九四〜一九七六年）は、農商務省の官僚。祖父定太郎も福島県知事、樺太《からふと》庁長官を務めた官僚であった。父は三島に法学部進学、大蔵省入省を勧め、文学には理解を示さなかった。対して母倭文重《しずえ》（一九〇五〜八七年）は、教育者の父を持ち、自らも文学少女であったという。

行かなかった。

瀬戸内　お母さまは上品な方でしたね。

美輪　ええ、お父さまと違って文化的なことが大好きだった方ですね。

　これだけは言うまいと思ってたんですけれど、もういいでしょう。実は、三島さんのお母さまは、お父さまをとても嫌がってらしたんですよ。お父さまという方は、アコースティックな神経がまるでない方で、文化とはかけ離れたところに存在している典型的な官僚型の人だった。だから、お母さまはいつもお父さまのことをボロボロに言っていて、ケンカが絶えなかったんです。佐藤元総理の奥様の寛子さんも「あのご夫婦はほんとうに変わってるわね」とおっしゃってましたしね。三島さんは、お母さまに、『愛の渇き』※の印税

※『愛の渇き』
一九五〇年六月刊。舅《しゅうと》と関係をもちながら、若い使用人に惹《ひ》かれる女の強烈な生を描く。

だけを遺産として残して死んでるんですね。

瀬戸内　あれもいい小説です。

美輪　なぜ、多くの小説の中から『愛の渇き』の印税だけをお母さまに贈ったのか、ということですよ。

瀬戸内　うーん。作家の抱える、今で言うところのトラウマ、ですね。

美輪　三島さんが、私とずっとつきあってくれたのは、結局、うらやましかったからだと思うんです。あの方は何もかもすべて、私と違って受動的な人生だったでしょ。お父さまは昔ながらの官吏で、「物書き、株屋、芸人は正面玄関から入れるな」という人だったわけですよ。私がお宅にうかがっても、嫌な顔をされるぐらいで。昔の堅物の官吏そのまんまの人だったんですよ。

だから、三島さんは、背広姿で、髪をリーゼントにしてきちんと分けていた。文筆活動もお父さまには内緒で、万年筆も原稿用紙もお母さまがお父さまに隠れてそおっと渡していた。着るものも全部、お母さまのお見立てだった。学校も、上流社会志向だったお祖母《ばあ》※さまとお母さまの希望で学習院に入れられた。

ところが、当時の学習院というのは、軍人ですら陸軍大将や海軍大将の息子や、平民でも岩崎、三井、三菱、住友といった財閥の御曹司、あとは公、侯、伯、子、男爵の子息が来てるわけです。彼らは勉強なんぞできなくてもベルトコンベアの将来を約束されているから、文武の武の方ができることが一番尊敬されたわけ。でも、三島さんは文の勉強はとてもよくできたけれど、武はできなくて、へちまのうらなりとか、日陰のもやしなんて悪口ばっかり言われてた。自分の顔も、

※三島の祖母
祖母平岡夏子（戸籍名なつ）。一八七六〜一九三九年。初孫の三島を生後すぐに父母から取り上げ、十二歳の学習院初等科卒業まで、自らの病床で育てる。

同級生たちの意地悪な目でしか見ることができなくなっていて、それが全部、コンプレックスになってしまったんですよ。でも、親孝行なものだから、帝大、大蔵省※と親の言われるままに進んで、自前の人生じゃなく、全部〝他前〟だったんですよ。

ところが、私は、あらゆる生き方から、着ているものから、何から何まで全部、自分で調達して、人生を自前で生きていたわけですよ。そういう人間が目の前に現れて、すごいショックで、うらやましくてしょうがなかったようでした。

※三島の大蔵省時代
三島の大蔵省勤務期間は、一九四七年十二月から四八年九月までの九カ月間。銀行局国民貯蓄課の事務官であった。

三島さんは完全な肉体にストップモーションをかけた

瀬戸内　それはとてもよくわかりますね。私は、三鷹《みたか》の下連雀《しもれんじゃく》の下宿にいたときに、『禁色』を読んで傑作だと思って例のごとく、ファンレターを出したんです。「お祝いに花火を上げたいんだけれども、お金がないから、下宿している荒物屋で線香花火をいっぱい買ってきて、縁側で上げました」と書いたら、とても喜んでね、「花火を上げてくれてありがとう」とすぐ返事が来たの。

「私は、あなたを天才と思いますが、夭折《ようせつ》しないと天才じゃないから、長生きしたら天才じゃなくなりますよ」と書いた私の言葉に対しては、「実は『禁色』を書いたとき、これでいよいよ死ぬかと思ったのに、何だか死にそうにもありません。だから、実は内心とってもがっかりしています」と、書いてありましたね。

あの方は亡くなる前に、年寄りの作家の悪口をいっぱい書いているんですね。ああいうふうな老醜をさらしたくない、と。そういう気持ちがずっとあったのね。

美輪　そうなんです。私も、そばにいて、死ぬだろうなと感じていたから、いろいろ言葉を尽くして止めたんですよ。

「トルストイ※だって、ヘミングウェイ※だって、文豪というものは、年をとればとるほど、若いころに見えなかったものが見えてきて後世に残る作品を残している。三島さんの才は天から授かった才能だから私《わたくし》しちゃいけない。三島さんの頭脳と経験があれば、年を重ね

※トルストイ
ロシアの作家。一八二八～一九一〇年。『戦争と平和』『アンナ・カレーニナ』を発表し世界的名声を得る。

※ヘミングウェイ
アメリカの作家。一八九九～一九六一年。代表作に『日はまた昇る』『武器よさらば』『老人と海』等。五四年、ノーベル文学賞。六一年、猟銃自殺。

るほどに、どんな人類の財産となる傑作ができるかわからないんだから」と。そしたら、「いや、おれは紬《つむぎ》の着物をぞろっぺいに着て、床柱を背にしてふんぞり返っているのは性に合わない、考えただけで寒気がする」とおっしゃった。これではしょうがないと思いましたね、そのとき。

瀬戸内　そのころ、文壇のパーティーに行っても、会場でうろうろしている大家の悪口を片っ端から言っていたものね。谷崎潤一郎《たにざきじゅんいちろう》※さんとか、川端康成《かわばたやすなり》※さんとか、そういう人たちの悪口をすごく口汚く言ってた。書いてもいましたしね。

美輪　つまり自分が虚飾の中で生きてきたからでしょうね。俗悪な上流社会だとかなんとかいって。

瀬戸内　あの家は、ほんとうは上流じゃないですものね。

※谷崎潤一郎
作家。一八八六〜一九六五年。代表作に『痴人の愛』『春琴抄』等。

※川端康成
作家。一八九九〜一九七二年。代表作に『伊豆の踊子』『雪国』等。六八年、ノーベル文学賞。七二年、ガス自殺。川端は三島の才能を認め、三島の結婚では媒酌を務め、三島の葬儀では葬儀委員長も務めている。一種の師弟関係にあった。

美輪　士族で、お父さまの先々代までは農家だったんですよね。でも、三島さん自体は、お祖母さま、お母さまの影響で、虚飾虚飾でずっと歩いてきて、それがいいと思い込んでいた時期があったわけじゃないですか、若いころ。『鏡子の家』※のモデルたちの世界ですよ。どっぷりと上流にかぶれてた。

けれども、私とつきあうようになって、ほんとうはそういうものの価値観が実に卑しいもので、どうしようもないと思うようになったんですね。年齢や性別、肩書に関係なく心の美しいものが実は一番美しいという持論が、ずっと私にはありましたからね。

私は三島さんに言ったことがあるんです。「文壇人というのは、どうしてああいうふうに成金的にさもしくなるんだろう」と。

※『鏡子の家』
一九五九年九月、二分冊で刊。鏡子の家に出入りする四人の青年の生き方と、鏡子との関係を描く。

やれ料亭は吉兆《きっちょう》だ、レストランはどこそこだ、羊《よう》羹《かん》は虎屋じゃないと食えないとか、当時はみんなそうでした。谷崎潤一郎が典型的じゃないですか。「一流好みで、いかにも趣味人を気取っちゃって。成り上がりの卑しいところがある」と。鞄はどこそこのもの、着物はどこそこのものと、ほんとうにきちっと育った人は、そうなりませんよ。

瀬戸内　女流作家は特にそうよ（笑）。

美輪　男もそうですよ。イタリア製のとかじゃなきゃいけないとか。

瀬戸内　林芙美子《はやしふみこ》※も、養子にした子供を学習院に入れたがったりしてましたからね。

美輪　瀬戸内さんにはそんなとこがないから、私は大好き。

※林芙美子　作家。一九〇三～五一年。行商人の子に生まれ社会の底辺で育つ。三〇年、その半生を描いた『放浪記』がベストセラーとなる。代表作に『風琴と魚の町』『晩菊』等。

三島さんも、だんだんとそういう文壇の卑しいところが目についていて、耐えられなくなってきたんだと思う。

瀬戸内　三島さん、小説にも、谷崎さんみたいな気持ち悪いおじいさんを出してきているじゃないですか。でも、私はよく四十五で死んだと思うのね。若死にですもん。これが五十で死んでごらんなさい。もうそれは若死にとは誰も思わない。あの人は、五十になるのが、ほんとうに嫌だったんだと思う。

美輪　あの人は、受動的に与えられた貧相な肉体がコンプレックスになっていたわけでしょう。だから、筋肉隆々の体を自前で調達したんだけれど、年をとると、せっかく自分が努力して作り上げた肉体が無残に崩れていく。それは許せないことだった。だから、自分が作り上げた体が完全な形として維持できている間に、ストップモーションをかけたんですよ。

瀬戸内　その話は初めて聞いたわ。うーん、わかる、わかる。

美輪　そのことがわかったのは、私が『黒蜥蜴《くろとかげ》』※を演《や》ったからなんですね。水谷八重子《みずたにやえこ》※さん（初代）が演ってらしたものだから二度も依頼を断ったんですが、三島さんはどうしても、と退《ひ》かないんですよ。あの人はプライドの高い方だから、一度断られたら二度と頼まない人なのに、三度も頼んでこられた。それには、理由があったんですね。

　私、「なぜ私にそんなに頼むのか、ほんとうのことおっしゃい」と聞いたんです。そしたら「俺は、やつに——浅利慶太《あさりけいた》※さんらしい——三島の作品は、『鹿鳴館《ろくめいかん》』※以外は興行的には当たらないと言われた」と。と

※『黒蜥蜴』
三島の戯曲。『婦人画報』一九六一年十二月号発表。江戸川乱歩の同名小説を劇化したもの。

※水谷八重子（初代）
女優。一九〇五～七九年。松井須磨子《まついすまこ》以後最大の女優として、新派を背負ってきた。三島作品では、『黒蜥蜴』『綾《あや》の鼓』『鹿鳴館』等に出演。

※浅利慶太
演出家。一九三三～二〇一八年。五三年、劇団四季を結成、七二年からはミュージカルの演出にも力を注ぐ。

ころが残念ながら、事実、そうだったんですね。杉村《すぎむら》春子《はるこ》※さんが演った『鹿鳴館』以外、興行的には全部不入りだった。浅利さん演出の二本とも、『喜びの琴』※も、東山千栄子《ひがしやまちえこ》※と水谷八重子の二大女優をして公演せしめた『恋の帆影』※も、ガラガラだった。私も三島さんに誘われて日生劇場に観に行ったんですが、お客が半分も入ってなくて、お気の毒でした。

で、三島さんは「とにかくおれは悔しくてしょうがない。君がもし演ってくれたら絶対当たることは請け合いだ」と言うんです。ちょうど『毛皮のマリー』※が大当たりしたあとだったんですよ。「でも、『毛皮のマリー』が当たったからといって、次も当たるとは限りませんよ」と言うと、「おれの勘は絶対正しい。絶対当たる」と。「理由はそれだけじゃないでしょう」と

※『鹿鳴館』
政治の権謀渦巻く鹿鳴館の舞踏会を描いた戯曲。初演は、一九五六年十一月、文学座公演。

※杉村春子
女優。一九〇六～九七年。築地小劇場を経て、文学座の結成に加わり中心的存在となる。三島作品では、『鹿鳴館』『熱帯樹』『十日の菊』等に出演。

※『喜びの琴』
文学座のために書かれた戯曲であったが、作中の言葉の問題で文学座が上演を中止。初演は、一九六四年五月、浅利慶太の演出で劇団四季による。

訊《たず》ねると、しばらく黙ったあとで、「『黒蜥蜴』は君そのものじゃないか」と。私が『椿姫』※の台本を書いてくれとお願いしたときには、「君みたいなふてぶてしいのが死んだって、誰も泣きゃしない。あんなもの演ったってしょうがない」と断られたんですけどね（笑）。

「とにかく台詞《せりふ》を吟味してごらん。そこに答えが書いてあるから」と言われて、もらった三島全集を読むと、私というより、三島さんそのものでした。『黒蜥蜴』は、主人公が美しいまま、しかも明智《あけち》※との恋愛が完全に燃え上がった頂点で、自分の命を絶つという物語なんです。それで、私はやばいと思って、三島さんに、「あなたが何を言おうとしたかがわかったからお受けしましょう」と言ったんです。

※東山千栄子
女優。一八九〇〜一九八〇年。夫の任地モスクワで演劇への目を開かれる。築地小劇場を経て、俳優座の結成に加わる。

※『恋の帆影』
戯曲。『文學界』一九六四年十月号発表。初演は、同年十月、演出は浅利慶太。

※『毛皮のマリー』
寺山修司の戯曲。一九六七年、寺山修司が結成した劇団天井桟敷の第三回公演として、同年九月にアートシアター新宿文化で初演。丸山（美輪）明宏が主演し、劇場の大入り記録を樹立。

瀬戸内　そういう見方をしたのは初めてですね。すごくおもしろい。これは出家者としては言ってはいけないかもしれないけれど、私は芸術家は自殺していいという主義なんですよ。

美輪　あらまあ。なんたる不道徳（笑）。

瀬戸内　私自身は死に損ねてこの年になって、もうみっともないだけだからしませんけれども、川端さんの自殺も許せると思うのね。芸術家は大体、悪い人間なんだから、自殺したっていいんですよ。どうせ、地獄に行くんだから（笑）。

　三島さんには、五十まで生きていてもらいたくなかった。亡くなったのはショックだったけれども、三島さんとしてはよかったんじゃないかなと思いましたね。

美輪　そう。今の日本は、三島さんが予言したとおり

※『椿姫』
フランスの作家デュマ（一八二四〜九五年）が、一八四八年に発表した小説。パリの高級娼婦《しょうふ》と純真な青年の恋物語。

※明智
『黒蜥蜴』の登場人物、探偵・明智小五郎《こごろう》のこと。

になってるじゃないですか。

私も、日本はアメリカの文化植民地みたいになると言い続けてきたけれど、三島さんも、日本人の美意識というものが完全に崩れていくことを一番恐れていましたからね。

瀬戸内　最後に自衛隊の市ヶ谷駐屯地で演説するでしょう。みんな、ナンセンスだとすごくばかにして笑いましたよ。でも、三島さんがあの演説で言っていることが全部、今、そのとおりになっているんですよ。

美輪　だから、三島さんは、今のこの世の中を見なくて幸いでしたよ。

瀬戸内　そうそう。

美輪　見てたら、大変でしたでしょうねえ。

瀬戸内　でも、見通していたね。結局、そのとおりになったんだから。

　私は、だから、ああいう死に方をして、そんなに悲惨という気はしないの。普通に死ぬよりは、派手でいいじゃないかと思ってね。あんな派手な人だったからね。実は、日本の作家で、死んでから読まれようと思ったら、心中するか、自殺するしかないんですよ。

美輪　ハハハハハ。

瀬戸内　見てごらんなさい。だから、太宰《だざい》※だって読まれてるしね。

美輪　芥川《あくたがわ》※も。

瀬戸内　それに三島さんだって。三島さんが生きていて、川端さんぐらいの年になってたらもう普通ですよ。根性の悪い老大家ということで（笑）。

　私、亡くなる前にお電話いただいたの。大阪で『十

※太宰治
作家。一九〇九～四八年。代表作に『斜陽』『人間失格』等。

※芥川龍之介
作家。一八九二～一九二七年。代表作に、『地獄変』『侏儒《しゅじゅ》の言葉』等。

日の菊』※を上演するのでぜひ来いと案内をくださったんです。日にちも指定されていたのに、私はどうしても行かれなかったの。考えてみたら、もう死ぬことは決まっていたんでしょうね。それで私にも一回ぐらい最後に会っておいてやろうと思ってくれたのだと思うの。それから間もなく亡くなった。しまったあ、と思いましたね。どうしてなにがなんでもあのとき行かなかったのかと、ほんとうに後悔しました。それが今でも、ずっと、とっても気になるのね。

美輪　あのころ、あの人、密《ひそ》かにみなさんに別れを告げて歩いていたんですよ。

瀬戸内　そうですか。でも、悔やみましたよ。

※『十日の菊』
『憂国』『英霊の声』とともに「二・二六事件三部作」をなす。初演は、一九六一年十一月、文学座公演。

ガンジス河の火葬場を描いた二人の作家

美輪　私が後悔してるのは、磯部の話を聞かせたことですね。輪廻転生に目覚めさせることになってしまったから。

　三島さんは、ある人に言われて自分の前世は高山右《たかやまう》近《こん》※だと信じてたんですね。ポルトガルに行ったとき懐かしい感じがした、とか言ってましたから。高山右近はポルトガルに流されてるとかでね。けれど、私の知っている霊媒師が、時の権力に睨まれて、切腹して果てた三島文佐衛門という人が天草四郎の友人にいたが、それが三島由紀夫じゃないかと言ったんです。

で、その話を三島さんにした。そうしたら、瑤子さ

※高山右近
安土桃山《あづちももやま》から江戸前期のキリシタン大名として知られる。一五五二〜一六一五年。高山長房ともいい、洗礼名はドン・ジュスト。一六一四年、前年のキリスト教禁令により右近ら百四十八名は国外に追放された。

んが、「主人が高山右近じゃなかったと言われてしょげ返っていたわよ」と。だから、私は「人は輪廻転生を繰り返すから、高山右近だったときもあったでしょう。私も、天草四郎だけじゃなくて、神父だったこともあるわけです。男になったり、女になったりと、何十回、何百回生まれ変わり、死に変わりするわけだから、誤解しないで」と、慰めたことがあるんです。

そうしたら、『豊饒《ほうじょう》の海』※の中に、生まれ変わりじゃなかったと言われて、自暴自棄になっちゃう青年が出てくるじゃない（笑）。しかも、「あなたは生まれ変わりじゃない」と宣言する着る物の趣味の悪いおばさんも出てくる。すごい衣装を着ちゃって。私をああいう形で出してるんですよ（笑）。

三島さんは、あの磯部の一件以来、仏教の勉強をし

※『豊饒の海』全四巻で構成。第一巻『春の雪』は一九六九年一月、第二巻『奔馬』は同年二月、第三巻『暁の寺』は七〇年七月、第四巻『天人五衰』は七一年二月刊。

だしたんですね。それまでは神道一本やりだったけれど、仏教を学び始めた。でも、結局、『天人五衰』でとまってしまったんですね。いくら天女といえども、時が来たら、体は腐食し、異臭を放って、滅びる。だから、自分がせっかく手に入れた肉体も腐臭を放って朽ちていくと考えてしまったんだと思う。

瀬戸内　三島さんは昭和四十二年（一九六七）にインドに行っている※けれど、それは仏教に目覚めたからなんですね。

三島さんも、遠藤周作※さんも今のヴァーラーナスィ※（ベナレス）に行って、すごいカルチャーショックを受けているんですね。二人ともそれで小説書いて、三島さんの場合は、『豊饒の海』の第三巻『暁の寺』になったわけでしょ。私も同じところに何回も行きまし

※三島のインド旅行
三島は一九六七年九月、インド政府の招きで同地を訪れた。

※遠藤周作
作家。一九二三〜九六年。五五年、『白い人』で芥川賞。『海と毒薬』『沈黙』『死海のほとり』等には、キリスト者としての思想が作品化されている。

※ヴァーラーナスィ
インド北部、ガンジス河中流沿岸の宗教都市。ヒンドゥー教の聖地で、ガンジス河左岸に聖所が連なっている。

て、今回はもう最後だと思って、とうとうガンジス河に入って沐浴《もくよく》してきました。遠藤さんも三島さんも、育ちがおぼっちゃんですから、あんな汚い河には入れません。

私も乗りましたけれど、遊覧船があるんです。広い河ですから、それに乗って沖を行ったり来たりしながら岸辺を見るんです。

マニカルニカ・ガート※というところでは、沐浴している人がいる一方、火葬場があるんです。死体を戸板みたいもので運んできて、河の水で清めて、それから側《そば》に売ってる薪《まき》とガソリンで焼くの。家族は、死体が焼き上がるのをじっと見ていて、焼き上がったものは、全部、ほうきで河に流すの。だから、あの河はミネラルウォーターですよ。

※マニカルニカ・ガート
ヴァーラーナスィのガンジス河沿いにある沐浴場（ガート）の一つ。火葬場の置かれたガートで、訪れる人が多い。

美輪　カルシウムだらけですね。

瀬戸内　遠藤さんの『深い河』※の中で、日本人のカソリック※の神父さんが、火葬場で焼く死体を運ぶ仕事をしているのですが、そんなことは現実には絶対あり得ないの。インドはカースト制※が今も厳然とあるんです。死体を運ぶなんていうのは、ある階級しかできない。神父ということを隠していても、日本人は入れてくれないんです。そういうことはあまり遠藤さんも知らないで書いている。『深い河』は遠藤さんが今までの小説を総ざらえしているものだ、というのが私の評価です。カソリックだったけれども、最後は非常に仏教的に、仏教も他力本願※のようになっていたのですね。

三島さんは三島さんで、主人公がボートから火葬場を眺めている件《くだり》を読みますと、白い聖牛が「人を焼く

※『深い河』
遠藤周作の最後の純文学作品。一九九三年六月刊。第三十五回毎日芸術賞。

※カソリック
ローマ・カソリック教会が伝えるキリスト教。神・キリスト・聖霊の三位一体の教義に立つ。

※カースト制
インド特有の社会身分制。バラモン、クシャトリヤ、バイシャ、シュードラの四階級に分けられている。

※他力本願
阿弥陀仏の衆生《しゅじょう》救済の力に頼って極楽往生をとげること。

煙をとおして、おぼろげに、その白い厳かな顔をこちらへ向けた」、そして「究極のものを見てしまった」という印象を強める、と書いてあるけれど、あそこには聖牛なんていませんから。でも、そこは三島さんの小説つくりのうまさでね。あの文章を読んだら、ほんとうにそうだと思うじゃない。現実よりずっとずっとおもしろく書いてますよ。沐浴する人々の中に感染症を患った老人を出していますが、あれも三島さんの作家的イマジネーションで、実際のガートでは、そんなことあり得ない。

美輪　結局、三島さんは滅びの美学で最後までいってしまった。先程の話に戻せば、『天人五衰』、色即是空《しきそくぜくう》※の途中で止まらずに、そこを突き抜けて想念の世界、安《あん》寧《ねい》の地まで行ってほしかったんです。でも、あの人は

※色即是空
この世に存在するものは、すべて実体がなく空《くう》であるということ。

絶対の安寧を手に入れる必要がないと思っちゃったわけですよ。

瀬戸内　それが美学だったんでしょうね。

美輪　三島さんの右翼も、一連の行動も、『日本少年』や『少年倶楽部』の純粋な美学をずっと通したもの。だから、一番純粋で清廉潔白で正義感にあふれているころの少年たちが手垢にまみれた大人になる前の人間たちの中で生きたいと、楯の会を作ったんですよ。みんな、「三島は危険だ」といろいろ言ってたけれど、彼の皇室論も、思想的なものではなくて、自分たちの本家の理想的な家庭を見るようなつもりでの皇室観だった。

「私を好きになるのは、バイセクシャルの証拠」

瀬戸内　三島さんは、日記をつけてたでしょう。
美輪　でも、あの日記はくせものでね。パブリック用の日記なんですよ。すべて作家の日記というのは……。
瀬戸内　全部そうですよ。
美輪　作家の日記は営業用だから、プライベートなことは書かない。自分だけにわかるように書いてある。それで、みんなに知らせたいこととか、知ってもらいたいことは、ある部分を増幅させたりして、書いてあるでしょ?
瀬戸内　そうです。『紫式部日記《むらさきしきぶにっき》』なんて、そうですからね。

美輪　そうですか。

瀬戸内　ある晩、藤原道長《ふじわらのみちなが》※が夜這《よば》いに来たことを書いてあるんですが、「私は絶対に開けなかった」とわざわざ書いてあるんです（笑）。だって、道長って時の最高権力者ですよ。これ、と狙った女、しかも女房なんて手をつけていいのが当たり前の時代なんですから、一度も開けなかったなんて。たとえ一回目は開けてもらえなくても、そのあと何回も行ってるに決まってるじゃないですか。だから、私は、「三回目に紫式部は開けただろう」と言ってるの（笑）。

道長とそういう性的関係にならないと、あれだけの庇護《ひご》はもらえなかったでしょう。彼は紫式部のパトロンですからね。それで、『源氏物語』ができたんですよ。

※藤原道長
平安中期の廷臣。九六六～一〇二七年。娘彰子《しょうし》らを天皇や東宮の室にして、外戚として栄華をきわめた。「この世をば我世とぞ思ふ……」の歌は有名。

美輪　ハハハ。作家はみんな、読まれることを前提に、自分に都合のいいように日記を書くんですよ。

一度、大江健三郎《おおえけんざぶろう》※さんが私のところに、月刊誌に連載の三島さんの日記を持ってきたことがありました。「君の悪口を書いてあるよ」って。読んでみると、大磯《おおいそ》で偶然会ったときのことが書いてあるのね。自分が海岸にいると、私が、日本の着物を着て、銀色の帯をして、白足袋をはいてヒラヒラとやってきた、と。砂浜というところは、みんな裸に水着を着て、健康的にビビッドに生きているところなのに、そんな格好をしてくるとは言うも愚かであると。自分は、声をかけられて不愉快だった、みたいなことが書いてあったわけです。

それを、大江さんは面白がって、私に見せたんです

※大江健三郎　作家。一九三五年生まれ。五八年、『飼育』で芥川賞。九四年、ノーベル文学賞。代表作に『万延元年のフットボール』『同時代ゲーム』等。

ね。

瀬戸内 おや、まあ。

美輪 でも、そのとき、そこで、私はテレビの録画撮りがあったから、わざわざそんな格好してたんですよ。で、浜辺の撮影が終わってホテルへ帰ろうとしたら、三島さんが、新婚早々の瑤子さんと一緒に寝そべっていたわけ。私が近づくと、彼は実に迷惑そうな顔をしたから、私は何かあるなと察して、挨拶もせずに知らん顔をして、そのままホテルに帰ったんですよ。

そのころ、私はまだ瑤子さんと親しくなっていなかったし、瑤子さんは普通のおぼこなお嬢さんだったたから、私みたいなものはヤクザなわけのわからない妖怪、異なものとして怪訝《けげん》に思うだろうということで、三島さんはお友だちじゃないみたいな顔をしたんですよね。

私も彼の気持ちをすぐに悟ったから、すいと通り抜けたんです。だから、大江さんには事情を説明して、「暗黙のうちにいろんな心理とドラマが働いたんです」と伝えたんですけどね。大江さんにはその辺のことはわかりませんからね。

瀬戸内　ああ、わからないでしょうね。

美輪　だから、作家にとっては日記も営業用の作品なんですよね。

瀬戸内　そうですよ。でも、お話を伺っていて、ちょっと意外なのは、瑤子さんのことですね。瑤子さんと三島さんは、意気投合して、なんでも話してる。たとえば瑤子さんは、美輪さんとも三島さんと同じようにつきあっていたでしょ。そういうのはちょっと想像していなかった。

瑤子さんはお嬢さんで、結婚しても囲われていて、三島さんと会話もないのかと思っていたわね。世間じゃ、お子さんは人工受精の子だとかって言われてましたからね。慶應大学病院で人工受精したって。

美輪　成分が悪意と嫉《ねた》み妬《そね》みで構成されている世間なんてものは、いつもいいかげんなことを言うんですよ。だって、三島さん、ある女の人と、そういう仲になったときに大変だったんですから。喜んで。

だから、私、言ったの。「大体ね、私を好きになるということは、バイセクシャルの証拠でしょう。私がムキムキマンの男っぽい男の子であれば、あなたは完全にホモだけれど、どう見ても私は疑似女性でしょ。女性的なるものを愛しているということで、純粋なホモじゃない。あなたはバイセクシャルなの」と言うと、喜んじゃって。「おれはホモじゃなかったんだ」って(笑)、初めて、目からうろこが落ちたらしい。

瀬戸内　おもしろい話ね。

美輪　だから、世間は何も知らないでつべこべ言うんですよ。三島さんは、本当に子供みたいな純粋な人で、そのときの喜び方ったらなかった。だから、瑤子さんとちゃんとしたまぐわいができているわけなんですよ。子供さんも三島さんにそっくり生き写しで。

瀬戸内　そうでなかったら、奥さんが、あんなに亡くなった後まで一生懸命にならないわよね。

美輪　それに、私、瑤子さん見たとき、びっくりしたんです。亡くなった妹さん※の写真にそっくりで。

瀬戸内　そうなの？　兄と妹の近親相姦《きんしんそうかん》を書いた『熱

※妹さん
三島の妹平岡美津子。一九二八～四五年。聖心女子学院在学中、終戦直後にチフスにかかり、十七歳で亡くなる。

帯樹』※という戯曲があるけれど、妹さんを思う気持ちは強かったんですね。

美輪　それと、瑤子さん、丸顔なのね。三島さんは、丸顔にこよなく憧れていらしたから。ほら、お父さまもお母さまもご自分も長い顔でいらっしゃったでしょ。長い顔がお嫌いだった（笑）。

それに、一緒にいるときのベタベタする仕方とか、瑤子さんの鼻の鳴らし方とか、三島さんの可愛がり方というのは、「みっともないから、およしあそばせ。私は透明人間でも彫刻でもないんですよ」と言ったぐらい相惚れだった、あのお二方（笑）。

瀬戸内　そうなんですか。

美輪　奥さんをモデルにして、『反貞女大学』※も書いてるでしょ。

※『熱帯樹』　戯曲。『聲』一九六〇年一月号発表。初演は同年一月、文学座公演。

※『反貞女大学』　評論。一九六六年三月刊。「反貞女はいかにあるべきか」を講義形式で綴《つづ》った十六篇《へん》からなる。

車に乗るときはいつも瑤子さんが運転してらしたんだけど、あのお二人、夫婦で方向音痴だったの（笑）。で、あるとき、池袋に行くために一緒に車に乗ってたんだけれど、三島さんが「いくら僕が方向音痴でも、こっちの方向じゃないと思うよ。君、これは左に曲がったほうがいいんじゃないか」と、奥さんに言ったんですって。そしたら、瑤子さんは「いいえ、これで間違いないのよ」って。「どうして君はそんなに確信もって言えるんだい？」「だって、前の車が右に曲がったんですもの」（笑）。それで、三島さんが「君、ねえ、世の中にはいろいろな目的があって、いろいろなところに行く人がいるんだよ。前の車が右へ行ったからといって、なにも右へ行かねばならぬ法律はないんだよ」って言うと、「方向音痴のくせに黙っていらっしやい」って、瑤子さん（笑）。
そういう具合に瑤子さんのことを愛しいと思っていらした。その積み重ねで書いたのが『反貞女大学』なんです。

瀬戸内　なるほどね。

美輪　私は何度も何度も現場を見てますからね。偽装夫婦をずいぶん見ている私には、あの結婚が偽装かどうかはすぐにわかるわけです。だから、人工受精だとかいう噂はバカらしいですね。これは、名誉のためじゃなくて、現場に実際にいた人間として言うんですよ。

瀬戸内　貴重な証言ですね。三島さんのことを書いた福島次郎《ふくしまじろう》※という人がいるじゃない。私は、ああいうのは嫌なの。男でも女でも寝た相手の悪口を言うのは最低ですよ。

※福島次郎　作家。一九三〇～二〇〇六年。九八年、『三島由紀夫——剣と寒紅』が話題となる。

美輪　前にも、一人出たんですよ。『週刊読売』で、私、対決したことがある。
　話を聞いてみますと、三島さんが車で迎えに来てくれたとか言うんですね。でも、三島さんは、いつも奥さんに運転してもらってたくらいだから、自分では運転ができなかった。自動車教習所には行くことは行ったんだけれど、実技になって、ワンブロック外を走ったら胃が痛くなって、ひっくり返ったんだって。運良く、そのひっくり返って寝ているところへ私が訪問したというわけ（笑）。それで、運転するのは、いつも奥さんだったんですよ。だから、その男の話は根っからの嘘《うそ》だった。でも、まあ世間という魔界には根も葉もないことを言うのがいますからね。
瀬戸内　でも、あの小説は、三島さんからもらったという手紙を売りに行くところから始まりましたよね。ひどいんですよ。ほんとうにけしからんと思うのね。三島さんのお母さんやお父さんにご飯を御馳走《ごちそう》になったり、とっても世話になってるでしょ。あの男の小説は卑しい。あれが芥川賞になりかけたのでしょう。もう呆《あき》れる。

可愛くて、赤ちゃんみたいにきれいな魂の持ち主

美輪　でも、三島さんにも非があるんですよ。だれにでも彼にでも、手紙を出してね。あの人は、まあ呆れるくらいに手紙魔で、何で、こんな人に手紙を出すんだろというようなゴロツキみたいなのにも、丁寧な手紙を出しているんです。

そのゴロツキが、おれはこれだけ丁重に思われてるんだと、私のところに三島さんの手紙を寄越したことがあるんです。そのことを私が話すと、三島さんの目が泳いだんです。「これは私が始末しておきますからね、よござんすね」と言ったら、素直な子供みたいに「ありがとう」と。そういうドジをあの人はよくやっ

たんです。そういう点はほんとにまあ呆れるほど世間知らずでしたね。

瀬戸内　ほんと、世間知らず。人を疑わないのね。おぼっちゃんね。あれだけ小説の中では、人間の悪とか悪意とか、いろいろな権謀術数を書いて、頭の中ではあそこまで理解していた人なのに、自分の細胞としては、何もわかってなかった。

美輪　新宿や御徒町を一緒に歩いていて、前から怪しげなのが来るでしょう。そうしたら、何気なく私の後ろに隠れるんです（笑）。

瀬戸内　頼もしかったのね（笑）。

美輪　だから、私たち二人を知っている松浦竹夫《まつうらたけお》※さんには、「君と三島が話しているのを聞くと、どっちが兄貴で、どっちが弟かわからんな」とよく言われまし

※松浦竹夫
演出家。一九二六〜九八年。五〇年、文学座に入り、演出を手がける。六三年、『喜びの琴』上演中止事件で文学座を退団。その後、劇団NLT、浪曼劇場を三島らと結成。三島作品の演出を数多く手がけている。

た。私は水商売でたたき上げてきたあばずれだけれど、あの人は、うぶでおぼこだった。

瀬戸内　でも、美輪さんは、そういうおぼこの、世間知らずの三島さんを、愛しく思っていたのよね。

美輪　そうですね。年は、向こうのほうが十歳上でしたが、なんだか、こちらが姉さんみたいでしたね。

チャリティーコンサートに出てくださるという三島さんの音痴を治してさしあげたことがあるんです。官公史の家だから音曲というものが家の中に一切なくて、歌う習慣がついてなかったんですよ。だから、毎日、お家に行って、レッスンしたんですよ。

瀬戸内　それで治ったの？

美輪　うまくはないけれども音痴ではなくなった（笑）。音痴は訓練で治りますからね。

その私のコンサートに出てもらったときに三島さんが詞を書いて、私が曲をつけて三島さんが歌ったんですけどね。それよりずっと以前から、いつも「スターの気分を味わいたい」とおっしゃってたから誘うと、二度も断られたんです。でも、二度目に断るとき、ちょっと惜しそうにしてたから、ひょっとしたらと思って、三度目に持ち込むと「ああ、ああよかった」と言って。「僕はやりたいことでも二度は断ることにしている。でも、もし三度目に来なかったら、どうしようかと思っていた」。うわあ、よかったあ（笑）。

瀬戸内　可愛いわね（笑）。

美輪　当日、私が楽屋入りすると、三島さんは一時間も前にもう来てるんです。あの人が出るのは第三部だけだからもっと遅くに入っていいはずなのにと思いながら、楽屋を訪ねると、パイプ椅子をずらっと並べた上に寝そべっている。椅子の背中に足をあげて、股を広げて。で、瑤子さんが花束を両手に持って、横に突っ立っているんですよ。

三島さんが、「おい、煙草《タバコ》」って言うと、瑤子さんは「しょうがないわね」と言って煙草をくわえさせ、ライターで火をつけてあげるの。「ふわあー、ああ、ああ、スターって何て傲慢でいいんだろう。君、ずっと、これで来たんだろう。うらやましいよぉ」と、三島さんは言うんです。

瀬戸内　アッハハハ、ほんとうに子供みたいな人なのね。

美輪　私が舞台に出ようとしたら、メーキャップから何から支度を全部終えた三島さんが、舞台袖の椅子に腰掛けて、川中島《かわなかじま》の武田信玄《たけだしんげん》みたいにふんぞりかえってるの。まわりに奥さんと、お付きにしたプロデューサーとメイクさんまで従えてね。でも、ふっと見たら、足がガタガタしている（笑）。「あら、タップを踏んでいらっしゃるの？」って言うと「ばか、武者震いだ」って。

それで、私に「君、君だってちょっとはあがるだろう」って聞くから、「いいえ」って答えると、「憎ったらしいね。杉村春子だって、初日の日にはガタガタして、トイレ行ったりするんだよ。それなのに君はまるで隣の座敷に行くみたいにして舞台に出ていく。君は、どうして出番ぎりぎりまで飯食ってたりできるんだ。芸人の風上にもおけない」なんて、悪態つくから、「あなたに文句言われる筋合いはありません。私はプロでござんす」と言ってやりましたよ。それで、三島さん、結局、一部も二部も全部、そこで震えながら見てました（笑）。ムンク※の「叫び」を彫像にしたみたいにかたまって（笑）。

瀬戸内　で、うまくいったんですか。

美輪　うまくいったんです。そのあとで、奥さんが、「実はねえ、この人、帽子も靴も衣装もみんな、金曜から枕もとに置いて寝てた。遠足の前の日みたいに」と言ってましたよ（笑）。

瀬戸内　ほんとうに可愛いわね（笑）。

美輪　でも、マスコミの扱いは可哀想だったですね。リハーサルのときに、マスコミが客席に陣取って、三島さんにポーズを取らせたり、インタビューしたりしてたんですよ。私には、笑い者にしようと思ってる取

※ムンク
ノルウェーの画家、版画家。一八六三〜一九四四年。不安、孤独などの情感を鋭く描く表現派の先駆者。一八九三年の作「叫び」はことに有名で、様々なパロディーの題材となっている。

材者の悪意が見え見えなのに。でも、彼は全然、それを感じなくて、真面目に取材だと受け止めて、必死で一生懸命サービスをしているんです。ドン・キホーテみたいで、すごく哀しく見えましたね。

瀬戸内　あの人には、そういうところがありましたよね。

美輪　あの人は、ほんとうに純粋で赤ちゃんみたいにきれいな魂の持ち主だったんですよ。

『紫の履歴書』※の序文を書いてもらった後、六本木で一緒に食事したことがあったんですね。私がまず序文のお礼を言うと、三島さんは、「あんなに君は金に困っていたのに、よくおれのところに来なかったな」って、おっしゃる。だから、私は、「物書きとしては及びもつかないけれども、歌や芝居で、いずれあなたと

※『紫の履歴書』
丸山（美輪）明宏の自叙伝。一九六八年刊。序文を寄せた三島は、「昭和有数の奇書」であり、「ふしぎなきらびやかな遁世《とんせい》の物語」だと書く。

肩を並べるぐらいのアーティストになろうと思っていた。でも、同じ線に並んだときに、過去に一度たりとも借りをつくっていたとなれば、どうしても一歩下がらなきゃいけなくなる。それだけは絶対したくないから、他の人のところへは行っても、あなたのところにだけは絶対行くまいと思った」と、答えたんです。

そうしたら、三島さんは、きちんと居ずまいを正して、「僕のことを、そんなに買いかぶってくれて、どうもありがとう」って、頭を下げられた。冗談じゃなく、まじめな顔で。小学生みたいで。何て謙虚な人だろうと思いましたよ。

瀬戸内　わかる、わかる。本気なんですよ。美輪さんの話を聞くと、三島由紀夫は、まだまだ誤解されているね。

美輪　吹き出したのは、芥川賞の選考会で三島さんが床柱にふんぞり返ってるという記事を読んだと、私が話したときですね。あの人、「そういうことをしたくないけれども、そうでないとなめられてしまう」と。だから、ぐっと睨みをきかせた強面《こわもて》の営業用と、プライベート用を使い分けてたんですね。強面じゃないほうの三島由紀夫も文壇に出していれば、また違った評価を受けていたんじゃないかと思う。でも、それは絶対にしなかった。

瀬戸内　そうなのね。「作家としてはみんな一緒なんだから、先輩作家にも私は君と呼ばさせていただきます」と言っていたと、人から聞きましたけれどね。

美輪　学習院時代のコンプレックスが強かったからか、なめられちゃいけないというのはずっとあったみたいですね。

あの人が死ぬ前に、お別れに私の楽屋に来てくれたとき、「何で十八年間もの長い間おつき合いさせていただいたんでしょうね」という話をしたんです。そしたら、「膝の上に上がるから頭をなでてやったら、いい気になって肩まで登ってくるやつがいる。それを放っておくと今度は頭まで登って、顔までなめ出すやつがいる。おれはそういうやつが大嫌いなんだ。君は、そういうところがなかったからね」と言ったんです。

私もそういう人は大嫌いなんですよ。私には、親子であろうと、兄弟であろうと、夫婦であろうと、他人であろうと、腹六分でつきあうべきだという信念がありますからね。「腹六分でつきあっていれば、親しき仲にも礼儀ありで、見られたくないところは人に見せなくてすむし、また見なくてもすむ。近親憎悪で大変なことになることもなくなる。助けを呼ばれれば出ていけばいいんです。それが人間の一番基本的なつきあい方だと思いますよ」と言ったら、「僕もそれをモットーとしてるから、君とはつきあってこれたんだよ」と、三島さんは言いましたね。

三島さんとは公私ともにつきあっていたけれども、ナアナアのベタベタな関係ではなかった。二人ともそういうのが嫌いだったんですよ。

川端康成の自殺をもたらした？　ノーベル賞受賞

瀬戸内　でも、三島さんはよかったわね。こういうふうに、本質をわかってくれている人がいたから。誰もいないと、言いたい放題言われて可哀想だものね。

美輪　亡くなったときは、哀れでしたよ。可哀想でしたよ。防衛庁長官（当時）の中曾根《なかそね》康弘《やすひろ》※なんか、楯の会が防衛庁で練習したりすることを自分が全部許可したくせに、「あいつは正気の沙汰じゃない」と、コメントしたでしょう。邱永漢《きゆうえいかん》※さんも怒っちゃって、中曾根さんの秘書の与謝野《よさの》（馨《かおる》）さんを呼び出したんですよ。私も同席しましたが、そしたら、「あのときは急にコメントを求められて、降りかかる火の粉をはら

※中曾根康弘
政治家、元首相。一九一八～二〇一九年。内務省の官僚を経て政治家に。岸、佐藤、田中、鈴木内閣で大臣を務め、八二～八七年、首相。

※邱永漢
作家、経済評論家。一九二

わなきゃいけないというんで、ああいうコメントになった。本意じゃなかった」と弁解していましたけどね。

それに、生前あれだけ「三島先生、三島先生」と言っていたのに、テレビの司会者たちが、「犯人三島」と呼び捨てにしたでしょ。私は悔し涙をポロポロ流してましたよ。昨日まで「先生、先生」としっぽ振ってたやつが一夜明けたら掌《てのひら》を返した態度、何事だと怒った。ただ、『三時のあなた』を司会していた山口淑《やまぐちよし》子《こ》※さんは、毅然《きぜん》として私の手を握り、「世間様がどう呼ぼうと、私は三島先生と呼ばせていただきます」と、はっきり言いましたよ。この人はさすが大和撫子《やまとなでしこ》、肝が据わっていると思いました。

瀬戸内　あのときは、ひどかったです。道化にされていたからね。

四〜二〇一二年。台湾生まれ。若い頃、台湾独立運動に参加し亡命。五五年、亡命生活を描いた『香港《ホンコン》』で直木賞。その後経営コンサルタントとして注目され、金儲けの神様の異名を持つ。

※山口淑子
女優、歌手、政治家。一九二〇〜二〇一四年。三八年、李香《りこう》蘭《らん》として満州映画協会からデビュー。『支那の夜』は主題歌もヒット。戦後は山口淑子の名で映画出演。七四年から参議院議員。

美輪　そのくせ、日がたつと、おかしなことに、マスコミの扱いが犯人三島から三島氏になってきた。右翼の人たちが騒ぎ出して、狂人扱いから憂国の士に変わってきた。そうしたらどうでしょう、ほかの連中も掌を返して、心の友と名乗る人がいっぱい出てきた。雨後のタケノコのようにゾロゾロ生えてきた、友だちが(笑)。三島さんは、「おれは文壇に友だちは一人もいない」と言ってたのに。

だから、私はそれからコメントは一切断りました。「いいじゃありませんか。生前、あれだけお友だちがいなかった人が、亡くなったらこれだけお友だちが生えてきちゃって。豊作、満作、結構なことです。そっちに行ってください」と、ね。

瀬戸内　こんな話は今まで出てきてませんでしたね。

三島さんが美輪さんに惚《ほ》れていたということだけは知っていたけれども。

美輪　「君は九十五パーセントの長所と五パーセントの短所がある。しかし、そのたった五パーセントの欠点は、他の九十五パーセントの長所を木っ端《こ　ぱ》みじんに駄目にしてあまりあるほどの短所である」と言うから、「へえ、そんな凄《すさ》まじい短所ってのはなに？」って聞くと、「俺に惚れないことだ」とのたまいました（笑）。

夜中に電話して来て「おれだ、おれだ」って。「おれって、どのおれ」と聞くと、「おまえが夢中になったおれの声を忘れたか」と。「私が夢中になる男は五万といる」と言ったら、ガチャンと切っちゃった。また電話がかかってきて、「この声がわからないなんて何て薄情なやつだ」「私は薄情で有名なの」と切ると、また、またかけてきて名前を言わないわけ。それで、「ばかやろう」と言って、がちゃんと切ったらまた電話がかかってきたので切ろうとしたら、あわてて「三島です」(笑)。「おれはねえ、今まで、親にだってばかやろうと言われたことはないんだよ」って言うから、「ごめんなさい、私は惚れた男には、ばかやろうという癖があるんです」と言ったら、「じゃ、僕もばかやろうって呼ばれたい、いいよ。はいどうぞ」って(笑)。

瀬戸内　ほんと、おかしいわね(笑)。

美輪　あの人はほんとうに冗談ばっかり言ってました。

瀬戸内　おもしろい話が次々出てくるわね。だけど、あの人、好き嫌いははっきりしていて、太宰が嫌いだったでしょ。

私の下連雀の下宿の二、三軒横に太宰治のお墓と森《もり》鷗外《おうがい》※のお墓がある禅林寺※があったんです。それで、三島さんに手紙で、「毎日暇だから禅林寺の森鷗外と太宰の墓に行きます。太宰のお墓には花やお酒がいっぱい置いてあるけれど、森鷗外のところは何もありません」と書いたのね。そうしたら、返事が来て、「僕は太宰は大嫌いだから、太宰におしりを向けて、森鷗外先生を、僕にかわって拝んでください」って。おかしいの（笑）。そういう冗談が言えるから、とても楽しかったですよ。

美輪　ほんとうに普段は冗談ばっかりでした。

瀬戸内　でも、文壇でも三島さんの意見が通らなかったところはなかったけれども、何か孤独でしたね。だから、川端康成さんが唯一の理解者だったと思っていたから、晩年、あんなふうになってしまって、ほんと

※森鷗外
軍医、作家。一八六二～一九二二年。軍医としての公人、文学者としての私人の相剋《そうこく》が独自の文学を生んだ。代表作に『舞姫』『雁《かり》』『阿部一族』『渋江抽斎《しぶえちゅうさい》』等。

※禅林寺
東京都三鷹市下連雀にある黄《おう》檗宗《ばくしゅう》禅林寺。森鷗外、太宰治の墓があり、太宰ファンの墓参が絶えない。

うに気の毒でしたよ。

美輪　ノーベル賞のことですね。

瀬戸内　私は七十歳で谷崎賞※をもらったときに、ちょうどポルトガルに行ってたんですね。そのとき、ポルトガルに三島さんの弟※さんが大使でいらしていて、私に受賞を知らせてくださったんです。それまで、私は、弟さんには一回しかお会いしてないんですよ。三島さんのお芝居に招待されたとき、お母さまと一緒に、まだ学生服を着た弟さんがいらしてた。丸顔で、三島さんとは似てなかったわね。

　で、ポルトガルで弟さんは三日間、毎晩私を呼んでくださるんだけれど、そのときに出るのが三島さんの話ばかりなんです。怖いぐらい。それは、三島さんが、川端さんがノーベル賞をもらったときに、とても嫌だ

※谷崎賞
一九九二年十月、同年六月刊の『花に問え』で第二十八回谷崎潤一郎賞を受賞。

※三島の弟
平岡千之《ちゆき》。一九三〇～九六年。外務官僚。モロッコ大使、ポルトガル大使、赤坂迎賓館館長等を歴任。

ったっていう話で。川端さんと三島さんはとても仲がいいとばかり思っていたから、びっくりした。弟さんは、「家中全員、川端さんが嫌いです」と言うの。

美輪　あの弟のチーちゃんが？

瀬戸内　そう。川端さんのほうは全然そんなことは思ってなくて、あとでとても嘆いていましたよ。でも、三島さんは、最初は川端さんを尊敬していたけれど、途中から、何か気に入らないことがあったみたいで、とにかく「川端さんがノーベル賞をもらったことは許せない」と言っていたそうです。ご自分がもらいたかったと。

三島さんがノーベル賞をもらわなかったのは、選考委員の人が思想を問題にしたからだと聞きましたけれどね。

美輪　三島さんも、思想的なもので落っことされたと、憮然《ぶぜん》としてましたね。だから、私、三島さんに言ったんですよ。「私だったら人爵《じんしゃく》よりも神爵をいただきたい。どこの馬の骨だかわからぬ者どもが、情実関係や汚れた政治力で寄ってたかって爵位を私にくれるというのは、無礼千万である。おまえさん、よくやったねと言って、神様がくれるごほうびの神爵であるならば頂戴《ちょうだい》致したい」。そしたら、「君は強いね」と、とてもうれしそうでしたよ。この人、これでふっ切れた、成仏したなとふっと思った、そのときに。

　でも、川端さんもすごく悩んでいらしたんですね。もらってしまったという呵責《かしゃく》がおありのようでしたよ。

瀬戸内　非常に気にしていらしたですね。自分があれをもらわなかったら、三島さんも死ななかったと思ったんじゃないかしら。

美輪　私、川端先生にあることで「青い部屋」という店まで呼び出されたことがあるんです。そのとき、いろいろお話をしたら、とても悩んでいらしたみたいでしたよ。

瀬戸内　私は、川端さんがノーベル賞をもらった日に、同じマンションにいた円地文子《えんちふみこ》※さんと一緒にお祝いに行ってるんですよ。円地さんが「行かなきゃ、行きましょ、行きましょ」と誘うからね。で、行くとちょうどそこへ三島さんが、赤ワインを持ってやって来て、「おめでとうございます」と非常にさわやかにお祝いを言ってらっしゃったの。

そんな様子を、私は目の前で見てるんですよ。そしたら、川端さんもうれしそうに、「ありがとう」と言

※円地文子　作家。一九〇五～八六年。代表作に『妖《よう》』『女坂』『朱《あけ》を奪うもの』等。『源氏物語』の現代語訳もある。

っていたけれども、お互い胸の中にはいろいろなものがあったんでしょうね。

美輪　実は、川端さんは、「あれは三島君がもらうべき賞だったんだよ」と、私にはおっしゃってましたね。

瀬戸内　そう言ってましたね。私も、それを聞いた。おそらく、川端さんには、「これは三島さんがもらうべきです」と言う場面があったのに、やはり欲しくなって「今度はいただきます」と言ったんでしょうね。

美輪　川端さんには、三島さんは思想的な問題ではねられるからということを耳に入れた人がいたみたいですね。

瀬戸内　それなら、私がもらおうということになりますね、きっと。でも外国の選考委員の中に日本通だと自己宣伝する人がいて、実は何もわかっていなくて、三島さんを左翼だといって落としたんです。あるたしかな人から聞いたことです。間違うにもことかいて、左翼とは（笑）。

美輪　そこのところは、詳《つまび》らかにはおっしゃらなかった。でも、ほかの人がもらうよりは、自分がもらったほうが三島さんも納得するだろうということだったみたいですね。

瀬戸内　川端さんは、三島さんに「今度はいただかせていただきます」と言ったらしいね。三島さんとしては、そう言われたら、しょうがない。だから、川端さんもやっぱり寝覚めが悪かったんですよ、きっと。もらった後もずっとね。

美輪　「自分は三島由紀夫と比べて、もらう資格がないという思いがずっとあった」と、私にもおっしゃってた。それが原罪意識じゃないけれども、ずっと澱《おり》になって残ってらした。だから、日がたつにしたがってますます眠れなくて、睡眠薬を飲んだりなさるようになったんです。「お薬より運動の方がよく眠れますよ、そうなさいまし」と生意気な意見もしましたけどね。無駄でした。

私は、川端さんは謙虚といえば謙虚で、少年みたいな人だなとは思っていました。三島さんが、そういう川端さんに対して、どう思っているかはわからなかったけれど。生きていれば三島さんももらう機会があるのに、亡くなってしまったでしょう。だから、三島さんが亡くなった後、ものすごい重責がドサッときて、川端さんは逝ってしまったところがあると思ってますよ。

瀬戸内　私は、自分もあのまま出家しなかったら間違いなく自殺していたと思うんですよ。流行作家というものになって、お金もあったけれど、着物ももうほしくないほど着たし、貢ぐ男もろくなのがいない。ほんとうに虚《むな》しくて死にたいと思っていましたよ。三島さんや川端さんの気持ちはよくわかります。

だから、さっきも言ったように、あの人たちは自殺してよかったの。川端さんの死の部屋に散らばっていたのは、『岡本かの子全集』※への推薦文の、かの子論の原稿だったんですよ。七、八枚の原稿がどうしても書けなくなっていた。でも計画的じゃなく、衝動的な死だと思いますね。

美輪　私もそう思います。

この世に生を享《う》けたときから始まってずっと受動的

※岡本かの子　作家。一八八九〜一九三九年。初めは歌人として出発。その後、小説に転じた。画家岡本太郎の母。代表作に『母子叙情《ぼしじょじょう》』『老妓抄《ろうぎしょう》』『生々流転』等。

に与えられた生を生きることにコンプレックスを抱いていた三島さんにとっては、死すらも与えられてたまるかっていう気持ちがとても強くあったと思う。だから、死だけは絶対に己れが選ぶのだという、自前の、能動的な死を選んで死んでいった。そういう気がしてならないんですけどね。

瀬戸内　美輪さんのお話のような三島由紀夫論は、一つも出てませんね。

美輪　それは、公私ともにしたものでないとわからないでしょうね。

瀬戸内　わからないからね、みんな。なんかかんか次から次へ出てくるけれど。でも、美輪さんのおっしゃることが原点だと思いましたね。

美輪　それが原点ですね。そこがわかっていたから、三島さんは、最後まで「君には感謝してるよ」って言って下さったんですね。とにかく、そういうことを誰も理解しないいし、あの人はシャイだから、弁解しない、弁解を潔しとしない。ほんとうに輝くような、きれいな魂の人だったんですね。この不純な世の中で……。

瀬戸内　やっぱり生きていられなかったわね。

美輪　私、三島さんの死を知らされたのは、日劇の舞台に出演中だったんですけど、友人の妹からだったんです。あのときの私の気持ちは、ああとうとうそのときが来たんだなあと思いましたね。

瀬戸内　この美輪さんの話で、三島さんはずいぶん浮かばれたと思います。ちゃんと証言として記録しておいてくださいね。

「それが私の原罪です」

瀬戸内　三島さんの話をして改めて感じたのは作家の原罪意識ですね。ほんとうに因果なものだと思う。

美輪　それは、三島さんだけじゃなくて、野坂昭如《のさかあきゆき》※さんも、みんな持っていますよね、いろいろな人たちが。ただ、三島さんみたいにそれに気づいて、ちゃんとそれと向き合って完結して生きていく人もいれば、原罪意識があるとか、ないとかということをまったく思いつきもしないで、まったく自己分析もしないで、そのまま死んじゃう人も多いんです。

瀬戸内　そうですね。

美輪　ある作家I氏なんか見ていると、つくづく彼に

※野坂昭如
作家。一九三〇〜二〇一五年。六三年、『エロ事師たち』を三島、吉行淳之介に激賞され、小説の道へ。六八年、『火垂《ほた》るの墓』『アメリカひじき』で直木賞。八七年には三島論『赫奕《かくやく》たる逆光』を刊行。

は深い自己分析がないんだなと思いますよね。彼は、お父さんに対するファーザーコンプレックスやオイディプスコンプレックスから逃れられなくてここまできてるんですね。

お母さんが恋しくて恋しくて、ついに男の子がお母さんを殺して自分がその母親になってしまう『サイコ』※という映画があるけれど、I氏の場合は、お父さんを恋して愛して、自分が早くに亡くなったお父さんの人生を生きてやろうとなったわけですよ。それはすべてお父さんの人生を生きているわけです。趣味、嗜好から思想的なものも何もかも全部、右翼的だったお父さんだから、こうなるだろうと。お父さんなら、こうしただろう、ああしただろうと。それが彼の人生です。

つまりI氏の場合、自前の人生ではない他の人の人

※『サイコ』
アメリカ映画。ヒッチコック監督、一九六〇年の作。

生をなぞって生きてきたんです。早く言えば、父親に憑依《ひょうい》されている人生なんですね。だから彼は、父親とまったく違うタイプの人間は大嫌いなんです。でも、彼はそんなこと気づきもしないし、考えたこともないでしょう。父親に対する潜在性ホモセクシャルの部分もあるんじゃないでしょうか。彼自身、その内在している部分を引きずり出されるのを非常に恐れていることに早く気づくべきだとは思いますけれど、まあ、無理でしょうね。「そんなことはあるわけない」と怒り出すのがせいぜいでしょうね。

瀬戸内　私にもそういう感覚はありますね。

美輪　瀬戸内さんの話は存じあげないですけど。

瀬戸内　私は子供を捨てていますから、それには頭が上がらないですね。だけれども、そのほかに父親を殺したという思いをずっと抱いてる。

美輪　お父さまを？

瀬戸内　ええ。さきに母の話をしていいでしょうか？

美輪　ええ、お聞きしたいです。

瀬戸内　私の母は、戦時中に、防空壕《ぼうくうごう》の中で、自分の父親と一緒に焼け死んだんですよ。そのときに、私の父は、町の人にとても悪く言われたの。母はいい人で、みんなに親切だったから、町の人にとても好かれてたんですね。国防婦人会の町内会長をしててね。だから、父は、町の人みんなに、「あの人を死なせて、けしからん人だ」と責められたんです。私は北京《ペキン》から夫と子供と一緒に引き揚げてきたときに、母の死を知ったんだけれど、父には、気の毒で、「お母さんが死ぬとき、何で助けなかったの？」なんてとても聞けなかったんですよ。
　でも、後で彼が結核になって療養しているときに、私が見舞いに行くと、「お母さんが死んだときのことを聞いたか？」と、自分から言ったの。私が、「知らない」と言ったら、実は助けに行ったんですって。父が防空壕から母を引っぱりだそうとすると、母は「もう、いやになった」と言って、父の手を振り払ったというのね。母はこんな田舎町——徳島ですからね——が空襲を受けるようじゃ、日本は将来ないと日ごろ思っていた。だから、「私は死にますから、結構です。お父さんだけ逃げてください」と、母は言ってね。
美輪　瀬戸内さんのお母さまって、そんな先見の明がある方だったの？　大変な女丈夫ですね。
瀬戸内　そう。すごいんですよ。戦時中ですから、そのとき、みんなもんぺを穿《は》いているときでしょう。それなのに、母は黒のデシンのワンピースを着て、防空壕に入ってるんです。もんぺが恥ずかしくて着られなかったんじゃなかったのね。それを着て死にたかったんだと、私は思いました。

美輪　素晴らしいお母さまですね。

瀬戸内　父は母に突き飛ばされたんですよ。「お父さん、もう出て行ってちょうだい。おじいさんや孫たちをお願いします」って言って。そうしたら、ぱあっと煙が来て、たまらなくなって走って逃げた、と父は言ってました。だから父親には、自分が妻を殺したという思いがずっとあったわけでしょう。

美輪　そうでしょうね。

瀬戸内　間もなく病気になりました。父はとてもお酒が好きな人でね。神仏具をつくる職人で、私が子供のときには、背中に一升瓶を十本並べておかないと、機嫌が悪かった。一本減ったら、また一本置いて、必ず十本、背中に並べてたんですよ（笑）。それぐらいお酒の好きだった人だから、お酒のない戦争中は困って、自分でどぶろくをつくって、飲んでいたんです。

ある朝、そのどぶろくを飲んだ途端に、脳溢血《のういっけつ》で倒れたんですよ。ゴオゴオといびきをかいているから、枕元に座っている人はみんな、もう死ぬかと思ってたの。ところが、父は目を覚まして「どうせ死ぬなら、もう一杯飲ませてくれ」って（笑）。そういう人なんですよね。

美輪　ええ、ええ。

瀬戸内　脳溢血で倒れて間もなく、父は老人結核になったんですね。といっても、まだ若かったけれど、あのころ、結核は治らなかったでしょう。しかも二つの病気の養生が反対なんです。結核は栄養を取らなきゃいけないし、脳溢血のほうはそれはいけないと。だから、とても治りにくかったんです。でも、ストマイがやっと出たころで、ストマイを二十本かなんか一生懸命飲ませて、ようやく元気になったときに、私が夫の家を出奔して、心配をかけたんですね。

私が見舞いに行ったときも、「おまえはけしからん」と言いましたよ。「おまえは、子供を捨てて家を出て、人でなしになったんだ。鬼になった以上は、子供が可愛いとか、義理人情に惑わされて、おめおめ家へ帰るなんてことは絶対にするな。鬼になったんだから、せめて大鬼になってくれ」と言われました。

美輪　とても味のあるお父さまですね。

瀬戸内　おかしい人でしょう。その父が療養しているところに、私は手紙を出したんですよ。ちょうど、三島さんにファンレターを出しているころで、ひまだったんですね。そろそろ上京しなきゃと思って、手紙を出していたんです。だから、父にも手紙を書こうと。

　書いているとだんだんおもしろくなって、「お父さん、いよいよ私は上京しなければいけません。上京して、偉い作家の弟子にならなければいけない。偉い作家ほど、お金が高くつく。それで、お金を送ってください。お父さんが死んで、くれる遺産があるなら、今、ください」と書いたの。私は、それはおもしろがって、ふざけて書いたつもりなんですよ。

　でも、向こうは、それを真に受けてしまって、「これは寝てなんかいられない。ばか娘のために、もう一回働かなければいけない」と思ったみたいね。たまたま、療養している別宅に、金毘羅灸《こんぴらきゆう》というのが巡業に来ているというチラシが入っているのを見たらしいんです。で、家族にも言わないで、自転車に乗って、その金毘羅灸をすえに町外れの旅館に行ったの。頭のてっぺんに大きなお灸を据えられた瞬間、倒れて、そのまま死んでしまった。ほとんど即死みたいなもんだったらしい。

だから、私が危篤を知らされて帰ったときは、もう死んでいたんですよ。最後に、「晴美」と言って死んだと言うんです。口が、は・る・みと言ったって、みんな言って、私を白い目をして睨むの。姉は私の手を握って、「お父さんは、あんたが殺したのよ」って泣きましたね。私は、まあ、そうかなと思ってね……。父は私の小説が活字になったものを一字も見てないんですよ。町の噂になった不肖の娘を世間に恥じて、肩身の狭いままに死んでいったんです。

美輪　そうですか。そんな深い思いのドラマがおありだったんですねえ。

瀬戸内　今、聞けばおかしいけれどもね。でも、それが私の原罪ですね。それと子供を捨てたこと。子供とは、今、私、つきあっていますが、やっぱりつきあわないほうがよかったかなと思っているんですけどね。

美輪　私にもいろいろありました。こういう生きかたをしてますから、いろいろ言われましたよ。やれ化け物だとか、変態だとか、言われたこともありました。でも、いつの時代にでも若い人が私を支持してくださる。それがうれしいですね。

瀬戸内　そうね。若い人は素直だから、美輪さんの素晴らしさがわかるのね。美輪さんの歌、ほんとうに感動させられる。私、お芝居観てても、若い男なんかいいから、美輪さんの歌が聴きたいと思った（笑）。みんなが夢中になりますよ。

美輪　ありがとうございます。人に「今まで観た芝居で一番感動した」「素晴らしかった」と言ってもらえると、ああ五十年間やってきてよかったと思うんですよね。

瀬戸内 ほんとうによかった。

美輪 一度、関西系の右翼が私のコンサートを聴きに来たことがあるんです。その男は、三島さんの崇拝者で、「何で天下の三島先生ともあろう人が、オカマふぜいにつきあっていて、いろいろ言われなきゃいけないのか」と腹を立てて、私を一発殴らなきゃ気が済まないと殴るつもりでやってきたらしいんです。

ところが、歌を聴いた途端に、涙を流してね。それで、楽屋に来て、「三島由紀夫という人の偉さがほんとうに初めてわかった。三島先生とか川端先生といった偉い天才たちが、なぜ、あなたのファンだったかということが歌を聴いて初めてわかりました」って、私の前で、土下座したの。で、可愛いんです。「恥ずかしいから、だれにも言わないでくださいね」って（笑）。この男も偉いと、私は思いましたけどね。

瀬戸内　賢い人ですね。

美輪　純粋なんですね。

生きていればいろいろなことがありますよね。おもしろいことがね。人生って、ほんとうにおもしろいと思いますよ。

瀬戸内　でも、美輪さんは、こんなに若くって、いつまで不死身でいるのかしら。三島さんは今、生きていたら、いくつですか。

美輪　ええと、七十いくつ……七十五歳でしょうね。

瀬戸内　じゃあ、美輪さんは……。信じられない。美輪さんはあのころから、同じような状態でしょう。全然年をとらない。

美輪　いいえ、もう私も姥桜《うばざくら》を通り越して葉桜になってしまいました（笑）。もうすぐ枯れ木になってしまいます（笑）。でも、私、意識も何もかも三十でストップしているんです。だから、いくつですかと聞かれると、「はい、六十五歳で、昭和十年生まれですよ」と言っても、それはただ数字だけのことを言っているんで、自分の手元に引き寄せた実感で、それを言っているんじゃないんですよね。

瀬戸内　それは私もそうです。自分が七十八歳の老婆になってるなんてまったく信じられない（笑）。

美輪　そうでしょう。だから、ビビッドで、毎日が若いころと同じようにしていられるんですよね、意識も肉体も。

瀬戸内　ほんとうに信じられないの、戸籍の年が。いくら「私は七十八だ」と言って聞かせても、受け付けないの、自分が。

美輪　こうして見るとねえ、瀬戸内さん、私たちってやっぱり、すごくいい時代に生まれたとお思いにならない？

瀬戸内　ええ。私、そう思いますよ。戦争中ではあったけれども、今ほど卑しくなかった、日本人は。

美輪　それと、すごいいい時代になったなと思うのは、瀬戸内さんは戦前をご存じでしょう、戦中をご存じでしょう、戦後をご存じでしょう、ということは、何度も言いますが、大変な時代なんですよ。

日本二千年というけれども、まあ、聖徳太子《しょうとくたいし》あたりから、『日本書紀』※あたりからとして、千三、四百年ですよね。その千三、四百年の間、ずっと封建主義だったわけでしょう。日本がその封建主義という衣を脱いで生まれて初めて民主主義という衣に着替えたのは、歴史始まって以来ですよ。その衣替えの瞬間に、私たちは立ち会っていたということですよね、実際に。それはとても不思議ですよね。

瀬戸内　道徳なんて、ひっくり返ったんですからね。だって、子供を置いて、いい亭主を置いて、家を飛び出した女なんて、街を歩けなかったですよ、昔だったら。

美輪　姦夫《かんぷ》、姦婦《かんぷ》の国賊《こくぞく》ですよ。

瀬戸内　ええ。国賊ですよ。離婚した女なんていうのは、ほんとうに人でなしだったんだから。それが今は、

※『日本書紀』
日本伝存する最古の勅撰《ちょくせん》歴史書。七二〇年成立。舎人《とねり》親王の編で、神代から持統《じとう》天皇までを記す。

「離婚は女の勲章です」なんていう時代だからね。ほんとうにやっぱり変わりましたね。

美輪　比べるものを知っているというのは、これはすばらしいことですよね。戦前はこうで、戦中はこうで、戦後はこうでと。そうしたら、どれがよくて、どれが悪いという、いろいろなものが見えてくる。たとえば器にしても、ほんものの塗りとプラスチックのものが、一目見れば見分けられるのと同じようにね。だから、今の若い人たちは気の毒ですよね。比べるものを知らないから。コップひとつでも、切り子ガラスの瑠璃《るり》コップじゃなくて紙コップですもの。

そして、歴史に残るいろいろな天才たちと知り合っていたということが、私たちの幸せですね。

瀬戸内　それですよ。だから、今の若い作家、たとえば平野啓一郎《ひらのけいいちろう》※さんなんかと話したら、言うんですよね。「瀬戸内さんはいいですよ。歴史的作家とみんな、つきあっている。それは僕たちは逆立ちしてもできないから、うらやましいです」と言いましたね。

　今の若い女性の作家は誰も知らないもの。話には聞いていても、現実に会ってないし、見ていない。私は、とにかく島崎藤村《しまざきとうそん》※の顔から知っているんですからね（笑）。だから、それはやっぱり強いです。声を聞かなくたって、見たというのは強いですよ。

美輪　そうですね。私なんかは、小学生のころに、『人間椅子』※だとか、『陰獣』※だとか読んでいたわけじゃないですか。だから、十六歳で、十七代目の中村勘《なかむらかん》三郎《ざぶろう》※さんから江戸川乱歩《えどがわらんぽ》※さんを紹介されたとき、まあ、何だか小説の中に自分が存在しているような気がしま

※平野啓一郎
作家。一九七五年生まれ。九九年、『日蝕《にっしょく》』で芥川賞。代表作に『マチネの終わりに』『ある男』等。

※島崎藤村
詩人、作家。一八七二〜一九四三年。代表作に『破戒』『新生』『夜明け前』等。

※『人間椅子』
乱歩の短編小説。『苦楽』一九二五年十月号発表。人間椅子の男のおぞましい告白の手紙。

※『陰獣』
乱歩の長編小説。『新青年』一九二八年八月増刊〜十月号。

したね。お会いした瞬間。

瀬戸内　それはいつのころですか？

美輪　江戸川さんが日本探偵作家クラブ※の親分になられる、ちょっと前だったんですよね。そのとき、いろいろな話をお聞きし、お話ししながら、これが伝説の江戸川乱歩かと思って、不思議な気分だった(笑)。

瀬戸内　江戸川乱歩さんは素敵でしたよ。

美輪　着ているものが素敵だった。あの終戦後ですよ。終戦後の、みんなが、軍服を仕立て直して、背広にしたりなんかしている時代に、茶色のほんとうにいい質の純毛のチェック柄の背広をお召しになっていた。茶色で統一していらした。おしゃれでね。

瀬戸内　私も可愛がってもらったんですよ。ほんとにおしゃれでしたね。

初期の総決算的作品。

※中村勘三郎
歌舞伎俳優。一九〇九～八八年。三世中村歌六《かろく》の末子。初世中村吉右衛門《きちえもん》、三世中村時蔵の弟。五〇年、十七世中村勘三郎襲名。

※江戸川乱歩
作家。一八九四～一九六五年。一九二三年、『二銭銅貨』で一躍新進作家と認められる。その後、明智小五郎初登場の『D坂の殺人事件』、『パノラマ島奇譚《きたん》』等意欲作を発表。戦後は「少年探偵団シリーズ」の執筆のかたわら、探偵小説研究、後進の育成に力を注いだ。

美輪　おしゃれ、おしゃれ。みんなが汚くしているときにどこからこんないい服を持ってきたのか、不思議でした。

紹介されたときに、気に入られたって、瞬間にわかったんですね。それで、「ねえ先生、明智小五郎って、どんな人？」と聞いたら、「切ったら青い血が出るような人だよ」って。「わあ、何て素敵なひと」と言ったら、「へえ、そんなことが君わかるの。おもしろい、じゃあ君は、切ったらどんな色の血が出るんだい？」と聞かれた。「ええ、七色の血が出ますよ」って言ったら「おお、おもしろい、珍しいじゃないか。じゃ、切ってみようか。誰か包丁持ってこい」って。この人、切りかねないなと思ったから……。

瀬戸内　（笑）

※日本探偵作家クラブ　一九四七年結成。乱歩は会長に選ばれる。六三年、同クラブは日本推理作家協会へ発展的に解消をとげた。

美輪　だから、私、「およしなさいまし。切ったら、そこから七色の虹が出て、お目がつぶれますよ」って言ったら、片方が悪くていらしたのね。それで、両方ともつぶれちゃったら、大変だからって冗談おっしゃって。「君、いくつだい？」「はい、十六です」「ほう、十六でそのせりふかい。とんでもないおもしろい子だねえ」って。それからひいきにしてくださるようになったんです。

同時期に三島さんとも知り合ったわけでしょう。バラバラに知り合ったのに、それから十五年後に、江戸川乱歩原作で三島由紀夫脚色の『黒蜥蜴』を私がやることになるなんて、そのころ、夢にも思わなかった。そのときにはもう亡くなっていましたけれどもね、江戸川さんは。

瀬戸内　巡り合わせですね。江戸川さんとおつきあいは続いてたんですか。

美輪　私が有名になったころ、パタッと銀巴里《ぎんぱり》※にいらっしゃらなくなったので、お会いできなくなったんですよ。そうしたら、戸川昌子さんが江戸川乱歩賞をもらって、父兄の一人として出席したとき、祝いの歌を歌ってくれって言われて、乱歩先生にも久しぶりに会えるなと思って、パーティーに行ったんですよ。それで、私は「薔薇色の人生」を歌ったんです。歌い終わって、江戸川さんのところに行って「しばらくですね」と言ったら、「やっぱり君だったのか」って。

この間は、薩摩治郎八《さつまじろはち》※展を観に、横浜まで行ってきたんですよ。私を最初に発見してくださったのが、薩摩治郎八さんでね。いろんなドラマがいっぱいありま

※銀巴里
銀座にあったシャンソン喫茶。一九五一年、キャバレー銀巴里として開店、九〇年末、閉店。この間、美輪明宏、岸洋子、金子由香利ら数多くの歌手を輩出した。

※薩摩治郎八
大正・昭和の蕩児《とうじ》、作家。一九〇一～七六年。一代で巨富を築いた木綿商薩摩治兵衛《じへえ》の孫。二二年、パリに渡り〝バロン・サツマ〟と呼ばれ社交界の花形に。戦後、無一文で帰国、随筆家となる。

すね。だから、私は、何て恵まれたいい時代に生まれついたんだという思いがずっとあるんですよ。

もう一度、戦前のロマンが復活すれば、日本は……

瀬戸内　でも、それは美輪さんが特別の美貌だから、そうなんですよ。普通の人だったら、そうはいきませんね。やっぱり、会っただけでハッと思う。十六のときなんて、今とはまた違うきれいさだったでしょう。

美輪　東郷青児《とうごうせいじ》※さんに、銀座で声をかけられたこともありました（笑）。自分で声をかけられないの、あの方。それで連れていらした二科会《にかかい》の子分のお一人が呼びに来られた。松坂屋の前で。「君、モデルにならない？　あちらの先生が、君をモデルにしたいとおっしゃっているんだ」と言うから、「どなた？」と聞くと、「とにかくこっちへ来てくれますか」と言うので、「無

※東郷青児
洋画家。一八九七〜一九七八年。一九一五年、初個展で日本最初のキュビズムと注目される。二一年、渡仏。ダダイズム、未来派にふれる。戦後は、戦時下解散させられた二科会の再建に努め、六一年から会長。

礼だな。用事があるなら、そちらからいらっしゃいませ」って。

そうしたら、御当人が来た。見たら、東郷先生だった。でも、お断りしました。「一水会の木下※先生のモデルをやっていますので、申しわけないんですけれども、二股をかけるわけにはいきませんから」と。すると、「なかなかいいことを言う。君、踊り子さん？」と聞くんです。あの人、細い人が好きだったんですね。私、そのとき、ウエストが四十八センチぐらいしかなかったから。

瀬戸内　えっ？　四十八センチ？　ほんとうに細かったのね。

美輪　五木寛之《いつきひろゆき》※さんが、エッセイに書いてらっしゃいましたよ。一つかみしたら折れそうな腰をしていたっ

※木下孝則《きのしたたかのり》
洋画家。一八九四～一九七三年。東大在学中に佐伯祐三《さえきゆうぞう》らと知り合い油絵を始める。三六年、二科会会員となるが、小山敬三《こやまけいぞう》らと退会し、一水会創立。

※五木寛之
作家。一九三二年生まれ。代表作に『朱鷺《とき》の墓』『青春の門』『戒厳令の夜』等。

て。そういう時代だったんですよ。
東郷先生に、「私は歌い手で、銀巴里に出ています」と説明したら、それからひいきにしてくださって、時々、銀座に出るたびに声をかけてくださった。あとで娘のタマミちゃんと仲良しになったら、「親父《おやじ》はあなたみたいのに憧れていたのよ」って。先生は鹿児島出身で、すごい美少年のお稚児《ちご》さんと美青年の間にロマンが芽生えるというお話に憧れていらしたみたい。でも、私が知り合ったときには、あちらは、もう不惑を過ぎた美中年だったから（笑）。

瀬戸内　でも、東郷さんて、素敵だったわよ。おしゃれだった。ほんとうに素敵だったよ。
今東光先生のお葬式のとき、パリから駆けつけたから少し遅れていらして、もう葬儀が始まってたんですね。空港からそのまま上野にいらしたらしくて、黒い服に、黒い帽子をぱっとかぶって、格好いいの。その姿でかけつけて、弔辞を読まなきゃいけないけれども、そんな用意なんてなさってませんよね。でも、「今ちゃーん」なんて言って、すごくいい弔辞で、みんな泣きましたよ。

お葬式が終わって、だれもいなくなって、私が後片づけをしてから出て行ったら、寛永寺《かんえいじ》の庭の大きな木の下に、東郷さんが立ってらした。まだ帽子をかぶっていらした格好いい姿で、うつむいて、はらはら泣いているの。

美輪　絵みたいですね。

瀬戸内　ええ。もうしびれるほどでしたよ。素敵な人だなと。ほんとうに素敵だったですよ。

美輪　あとで写真を見てびっくりしたんですけど、若いころの東郷さんって、マリー・ローランサン※やなんかとパリで遊んでいるとき、大美青年。お宅にローランサンの油絵が飾ってありましたけど。びっくりするぐらいの美青年で、これじゃ、宇野千代《うのちよ》※さんも夢中になるなって思いました（笑）。

　後で聞いたら、竹久夢二《たけひさゆめじ》※と奥さんのたまきさんの三角関係で大変だったんですってね。たまきさん、港屋※という店を出していたでしょう。そこへ東郷青児さんが、お弟子として入ってきて、それでたまきさんが好きになって、できちゃったんですって。そしたら、竹久夢二が、それまでは奥さんを放っちゃっていたくせに、戻ってきて、大変な血だらけの修羅場になったらしい。竹久夢二に、たまきさん、二の腕を切られちゃ

※マリー・ローランサン
フランスの女流画家。一八八三～一九五六年。淡い色調と叙情的表現で独自の画風を生む。

※宇野千代
作家。一八九七～一九九六年。尾崎士郎、東郷青児、北原武夫らとの恋愛で話題になる。代表作に『色ざんげ』『おはん』『或《あ》る一人の女の話』等。

※竹久夢二
画家、詩人。一八八四～一九三四年。平民社『直言』に風刺画を載せて注目される。妻たまきは「夢二式の女」のモデルといわれる。夢二の美人

ったんですって。でも、たまきさんが夢中になるのもわかる。そりゃあ、あなた、竹久夢二と比べたら、月とスッポンですもの。東郷先生はすごいいい男。岡《おか》譲司《じょうじ》※みたいなね。

瀬戸内　はいはい。いましたね。

美輪　岡譲司と岡田時彦《おかだときひこ》※とを一緒にしたような顔なの。ハンサムですよ。だから、私、先生がこれだけセクシーでハンサムだと知っていたら、一も二もなく、OK、OK、ザッツOKって、言うことを聞いたのにって笑いました（笑）。

瀬戸内　（笑）。格好いいですよ、ほんとうに、あの方は。

美輪　お年を召してもね。

瀬戸内　宇野千代さんとのことでもね、最初は、今さ

画は、明治末から大正にかけて一世を風靡《ふうび》した。

※港屋
一九一四年、夢二とたまきが東京・日本橋呉服町に開いた趣味の店、港屋絵草紙店。ここで夢二は女子美学生笠井彦乃と出会い、たまきと別れ、京都で同棲《どうせい》することになる。

※岡譲司
俳優。一九〇二〜七〇年。二九年、映画界へ。『検事とその妹』等で現代的二枚目として人気を博す。芸名岡譲二を、五四年、岡譲司と改名。

んが宇野さんを好きになったの。東大の前の何とか軒※で、宇野さんがエプロンをつけて働いていたときですよ。その店へ行っていて、宇野さんを見て、今先生が一目で惚れたわけ。で、そのころから今さんと東郷青児は仲良しで、今さんのほうが少しお兄さんだったから、今先生のラブレターを東郷青児が宇野さんに届ける役だったんですよ。

　そのころ、宇野さんは結婚していたんですね。札幌《さっぽろ》で結婚生活を送っていたんだけれど、懸賞に応募して通ったので、東京へその懸賞金を取りに来て、そのまま帰らないで、何とか軒にいたんですよ。そこで今先生に惚れられたでしょう。尾崎士郎《おざきしろう》※とも、その場で仲よくなった。だから、あっちこっちで、そんなことをしてたんですよ（笑）。

※岡田時彦
映画俳優。一九〇三～三四年。一九年、映画界へ。谷崎潤一郎作品『アマチュア倶楽部《クラブ》』『蛇性の婬』に出演。その後、『彼を繞《めぐ》る五人の女』等でスターとなる。

※東大の前の何とか軒
本郷《ほんごう》三丁目の燕楽軒《えんらくけん》のこと。ここで宇野は『中央公論』編集長滝田樗陰《たきたちょいん》、今東光、久米《くめ》正雄《まさお》、芥川龍之介らと知り合う。

※尾崎士郎
作家。一八九八～一九六四年。一九二一年、『獄中より』が『時事新報』懸賞に二位入選

（一位は宇野）。その後『人生劇場』がベストセラーになる。

美輪　ちょいといいですね（笑）。

瀬戸内　今さんが宇野さんに惚れたというのは、私は信じられなかったの。そうしたら、宇野さんが、晩年、「瀬戸内さん、今は若いときそれは美少年でした。色が白くて、目がぱっちりして」とおっしゃったの。今先生は、宇野さんが勤めを終わるのを外で待っていて、二人で、東大の赤門を入って、イチョウ並木を行きつ戻りつ、行きつ戻りつしてたんですって。その間、チュッチュッしているから、お千代さんの口が金魚のように腫れたって話を聞いたことがあるの（笑）。それで、宇野先生に「口が金魚のように腫れたんですか」って訊ねたら、「そんなことないわよ」なんて、おどけていたけれどもね。でも、結婚したかったんですって。

美輪　今さんと？

瀬戸内　ええ。宇野さんとなんで結婚しなかったのか、今先生に聞いたことがあるんですね。そしたら、「うちの鬼ばば――お母さんのことね――は、エプロンをしたような女はだめだ、喫茶店とかレストランとか、そんなところに勤めている女は、今家の嫁にふさわしくないと承知しなかったからだ。でも、それよりも、おれはそのころから、宇野千代の才能を認めていたから、自分の嫁なんかにするべきではないと思っていた」って。そんなことを言っているから、宇野さんは尾崎士郎と一緒になっちゃったんですよ（笑）。

美輪　それで、宇野さんの北海道の旦那さんは？

瀬戸内　私も宇野さんに聞いたことあるんですよ。「先生は、結婚して、札幌にご主人がいたはずでしょう」と。そしたら、「忘れちゃったのよ」って。

美輪　ハッハハハハ。まぁったくかなわないよねえ（笑）。

瀬戸内　ほんとうに愉快ですね。東京に出てきたときは、寒いときだったんですって。それで、「主人のことは忘れちゃったけど、流しに、朝、食べた食器を突っ込んできたから、それが凍って割れてないか心配にはなったわ」と、言ってましたよ。

美輪　お気楽、お見事（笑）。

瀬戸内　ほんとうにおかしな人でしたよ、あの人は。

美輪　憎めない人なんですね。

瀬戸内　いい時代でしたしね。

美輪　何て言うのかしら、みんなパステルカラーで、何にでもロマンの香りがくっついていたじゃありませんか。アールデコ※のロマンとかドラマが。

瀬戸内　だって、小林秀雄《こばやしひでお》※と詩人の中原中也《なかはらちゅうや》※が、一人の女を奪い合いしたんですよ。そんな時代ですよ。小林さんがね（笑）、あんなしかめっ面していて。いい時代じゃありませんか。

美輪　やっぱり、社会構造全体にロマンが成り立つ文化的なロケーションがあったでしょう。喫茶店では、粋な流行歌やヨーロッパ音楽、またはクラシック音楽が蓄音機から流れてた。テーブルにしたって、デコラじゃなくて、彫りのあるほんものの木でね。看板も灯《あか》りも蛍光灯じゃなくて、ネオンサインや白熱灯で風情があった。ポスターが張ってあっても、高畠華宵《たかばたけかしょう》※であったりとかね。かき氷でも食べましょうといっても、かき氷の器だって、朝顔型で乳白色の端がピンクやブ

※アールデコ
一九二〇年代後半から三〇年代終わりにかけて流行した装飾デザイン。新興しつつあった都市中間層に広く受け入れられた。

※小林秀雄
評論家。一九〇二〜八三年。フランス象徴主義の影響のもとから出発し、近代批評を創造した。代表作に『ドストエフスキイの生活』『無常といふ事』『本居宣長《もとおりのりなが》』等。

※中原中也
詩人。一九〇七〜三七年。ダダイズムの影響から出発するが、小林秀雄らとの交流を通

ルーのぼかしになっている器でね、素敵だった。シチュエーションが全部、ロマンティックにできていましたよね。だから、思い切った破廉恥な不道徳なことでも、美意識のオブラートでロマンティックな匂いにすり替えられちゃう。そういうものがありましたね。すべてが美とロマンとユーモアで道具立てができていたから、いろんなものが許された部分があると思うんですよね。今はオブラートが何もないでしょう。

瀬戸内　ほんとうに何もない。

美輪　高度成長期からダメになりましたね。だから、池田《いけだ》勇人《はやと》※あたりからですよ。あとはもちろん田中角《たなかかく》栄《えい》※先生。

終戦後は、焼け野原でも戦前の残滓《ざんし》というか、残り香がまだありましたからね。いろいろなロマンがあっ

じてフランス象徴派に親しむ。詩集に『山羊《やぎ》の歌』『在りし日の歌』がある。

※高畠華宵
挿絵画家。一八八八〜一九六六年。『少年倶楽部』をはじめ、様々な雑誌の表紙・挿絵を担当し、昭和初期まで絶大な人気を保っていた。

※池田勇人
政治家、元首相。一八九九〜一九六五年。大蔵省の官僚を経て政治家に。吉田、石橋、岸内閣の大臣を務め、六〇〜六四年、首相。

た。街々のポスターも、戦前の匂いのするアールデコのポスターであったり、街に流れている音楽も、戦前の復活レコードやジャズやジルバもあったけれども、やがてドリス・デイ※になったり、パティ・ペイジ※の初期のころだったり、ビング・クロスビー※だったり。まだきれいな星も見えたし、自然も排気ガスで汚れてなくて、緑もあったし、小川のせせらぎもまだ澄んでいた。焼け跡の中でも、そういうものは残っていましたよ。

　だから、戦前のほんものがもう一度復活するかなと思いかけてたところへ、そこへ下劣極まる土石流がものすごい勢いで押し寄せてきたのが太陽族※ですよ。太陽族がダッと入ってきて、ロックンロールのエルヴィス・プレスリー※になって、性欲、食欲、物欲の三本立

※田中角栄
政治家、元首相。一九一八～九三年。四七年、政界入り。池田、佐藤内閣の大臣を務め、七二～七四年、首相。七六年、ロッキード事件で逮捕。

※ドリス・デイ
アメリカの女性歌手。一九二四～二〇一九年。「センチメンタル・ジャーニー」や出演した映画『知りすぎていた男』の主題歌「ケ・セラ・セラ」が有名。

※パティ・ペイジ
アメリカの女性歌手。一九二七～二〇一三年。ワルツの女王と呼ばれ、「テネシー・ワ

てがだんだんと機能性と経済効率と利便性の三種の神器、それだけになっちゃった。すべてがね。日本は完全なアメリカ文化植民地になっちゃったんです。で、そして今、こういう結果になっちゃったわけですよ。恐ろしい。

瀬戸内　アメリカナイズされてから、よくなくなったわね。日本はすべての面でね。

美輪　私たちは、外国というとまずヨーロッパと思ったけれど、戦後の人はまずアメリカ、占領軍のアメリカこそが外国だというふうになってしまいましたからね。そういう教育でしたね。

瀬戸内　時代がそうですよね。

美輪　実はアメリカという国は、幅が広くて、いろんなストイックなよい面を持っているのに、日本に喧伝《けんでん》

ルッ」「涙のワルツ」がヒット。

※ビング・クロスビー
アメリカの歌手、映画俳優。一九〇三〜七七年。代表曲は「ホワイト・クリスマス」だが、映画『我が道を往《ゆ》く』等でも人気を博した。

※太陽族
一九五六年芥川賞の石原慎太郎の『太陽の季節』から、既成の秩序にとらわれない奔放な戦後派青年をいう。

※エルヴィス・プレスリー
アメリカの歌手。一九三五〜七七年。五〇年代ポップスの雄。「ハートブレイク・ホテ

されてくるのは、あるならず者文化の低俗きわまる側面だけですからね。

もう一度、戦前のロマンが復活すれば、日本は何とかなると思うんですよね。でも、今のこの時代に、宇野千代さんのような女の人がいたら、何ていいかげんなと、スキャンダルでＴＶを賑《にぎ》わせているオバタリアンたちみたいに言われますよ。あの時代は、ロマンという調味料があったからこそ、中和されちゃって、「おもしろい、可愛らしい、好きなように自由に生きてきた人ね」と、言われる。けれども、無味乾燥な建物、利便性、機能性だけの、こういう世の中のシチュエーションだったら、「ほんとうに何てふしだらで、いいかげんで、自己中心の嫌な女だ」と言われていると思いますね。やっていることは同じでも。

ル」「ラヴ・ミー・テンダー」等が有名。

瀬戸内　ほんとう、ほんとう。

美輪　そうですよね。

瀬戸内　ほんとうにおもしろくない、アメリカは。

銀ブラは、かつて文化人の特権だった

美輪　もちろん、戦前という時代は、片方では、ほんとうに嫌な時代でもありましたよね。世界中、貧富の差は激しくて、日本も国民の八十パーセントは貧乏人だし、米よこせ運動※はあるし、思想は弾圧されるし。とにかく家と家との結婚が当たり前で、恋愛結婚は不道徳。封建主義の嫌なところは実にいっぱいあった。無理が通れば道理が引っ込むという嫌なところはいっぱいあったわけですよ。

けれど、その反面、ロマンの香る文化、素敵なものもいっぱいありました。素敵なものと嫌なものの両方が共存していた、おもしろい時代でしたよね。戦時中

※米よこせ運動
米騒動のこと。米価の高騰によって起こった暴動で、一九一八年の暴動は富山県魚津に端を発し全国的運動となり、軍隊が出動し鎮圧した。

になったら、その素敵なおもしろい部分が全部なくなった。嫌なとこだけになりましたよね。

瀬戸内　はい。

元号がかわったあたりって、ざわついていたわね。大正も昭和も五年というのが、何かいろいろなことがあったときですよ。大杉栄《おおすぎさかえ》※が女性との多角関係から葉山の日蔭茶屋《ひかげちゃや》で刺されたのが大正五年（一九一六）。それから、生田春月《いくたしゅんげつ》※が瀬戸内海で自殺したのは昭和五年（一九三〇）。そういういろいろな変わり目があった。また、昭和五年というのは、非常に不景気でね。今先生が昭和五年に出家してるんですが、今のような世の中だったんです。今の不景気は、その昭和五年とそっくりですよ。

美輪　ただ、違うのは、ロマンの部分ですね。文化の

※大杉栄
無政府主義者。一八八五～一九二三年。社会主義運動の傍ら自由恋愛も提唱。妻・堀保子、伊藤野枝《いとうのえ》、神近市子《かみちかいちこ》との関係のもつれから、神近に刺されたが、一命を取り留めた。

※生田春月
詩人。一八九二～一九三〇年。詩集に『霊魂の秋』『象徴の烏賊《いか》』等。

部分ですね。一九二〇年代から三〇年代の狂乱の二十年の時代というのは、やっぱり着るものにしても、モガ・モボ※の時代です。

瀬戸内　そう。モガ・モボの時代ですからね、昭和五年というのは。モガ・モボという言葉は新居格《にいいたる》※がつくったんですよ。新居格というのは、徳島から出た評論家です。大宅壮一《おおやそういち》※の隣に住んでいて、恐妻家という言葉も、新居格がつくったの。大宅壮一がつくったということになっているけれども、そうじゃなくて、新居格が言ったことを大宅壮一が広めたの。モガ・モボも新居格の言葉なんです。

美輪　そうですか。

でも、ロマンがあったから、当時はものすごい暴動までいかなかったんですよね。ロマンの抑制力がなか

※モガ・モボ
モダンガール、モダンボーイの略。大正デモクラシーから引きつがれた自由な気分が、若い男女のファッションや行動に反映された。

※新居格
評論家。一八八八～一九五一年。社会時評、風俗批評には文化感覚が溢れていた。またアナーキズム思想家で、生活協同組合運動の先覚者でもある。戦後、杉並区長。

※大宅壮一
評論家。一九〇〇～七〇年。初期は社会主義に傾倒。『人物評論』を主宰するなどジャ

ったら、とっくに暴動が起きていますよ、あの時代は。

瀬戸内　ちょっとしたインテリは、一日一回は銀座に行って銀ブラ※をして、お茶を飲んだという時代です。岡本かの子なんかも、一日二回、銀座まで行って、歩いていたって。そういう時代なの。だから、銀ブラするということが、文化人の特権だったの。今は、誰が銀座を歩きますか。

美輪　ブランド好きのイナカモノだけ（笑）。あれ、覚えていらっしゃる？　ほら、終戦後の銀座。銀座は何万人もの人出があったから、クリスマスは銀座のキャバレーも、喫茶店も、値段が三倍から五倍ぐらいに上がった。みんな泥棒商売。

みんな、用事もないのに、銀座へ来る。それで、ただ歩くだけ。しかも、終戦後だから、そんなに美しく

ーナリズムで活躍。戦後、民間放送が始まると大衆の支持を得て、代表的論客となる。

※銀ブラ
銀座をぶらぶら散歩すること。大正末から昭和初期までの社会風俗。

も何ともないわけなのに、ちょこちょこといろいろな贅沢《ぜいたく》なものを売るお店が復活してはきてたけど、屋台がなくなったばっかりで、何もない。だけれども、みんな、クリスマスといったら、銀座だったんですね。銀座をただ歩き回っているだけ。お金がないから、物を買えない。ほんとうに一丁目から八丁目までを、行ったり来たり、ぐるぐる、ぞろぞろと。銀座通りは人でそれこそ立錐の余地もないんですから。

瀬戸内　銀座の柳があってね。

美輪　それから、早慶戦《そうけいせん》のときはおもしろかった。銀座は、慶應だらけ。早稲田は新宿に集まった。そのころの銀座は、まだ個人のお金で飲める値段だったんですよ。早慶戦で慶應が勝つでしょう。そうすると、慶應の学生で溢《あふ》れていて、「バロン」だとか「サイセリア」だとか、いろいろなお店へ顔を出すわけ。「先輩、いますかー？」って。そうすると、知らない人でも、「おお、いるよ」って。「飲ましてください」と言うと、「いいよ、飲め、飲め」と。そういう時代だったんです。

瀬戸内　そういう時代だったですね。

美輪　うん。そういうものだった、時代が。それが、「姫」の山口洋子《やまぐちようこ》※さんが店を出す前に、上羽秀《うえばひで》さんという人が京都から出てきて「おそめ」という店を出したじゃない？『夜の蝶』※のモデルになったお店ですよ。彼女は京都から舞子や芸妓《げいぎ》を連れてきたんです。

瀬戸内　川口松太郎《かわぐちまつたろう》※さんの『夜の蝶』のモデルになった店ね。今、その女の人は、富司純子《ふじすみこ》※のお父さん、東映のプロデューサーをなさっていた俊藤《しゅんどう》さんの奥さ

※山口洋子
作家、作詞家。一九三七～二〇一四年。五七年、銀座に高級クラブ「姫」を開店。現役ママで作詞家としてデビュー。『よこはま・たそがれ』『ブランデーグラス』などヒット多数。八五年、『演歌の虫』『老梅』で直木賞。

※『夜の蝶』
川口松太郎の短編小説。一九五七年六月刊。「夜の蝶」は流行語にもなる。

※川口松太郎
作家、劇作家、演出家。一八九九～一九八五年。一九三五年、『風流深川唄』『鶴八鶴次

んですよね。

美輪　そうなんですか。でも、銀座の店々が暴利を貪るようになったのは、その「おそめ」からですよ。それまでは銀座も普通の値段だったの。「おそめ」は、グラス一つでも、お客さんの虚栄心をあおり立てて、紋所と名前を入れてわざわざつくってましたからね。それから『夜の蝶』に出てくるもう一軒の店のモデルになった「エスポワール」のマダムでルミさんという人がいましたよね。私はルミさんと仲がよくて。妖艶な美貌で、岡田嘉子《おかだよしこ》※にそっくりだった。

瀬戸内　そうそう。目が大きくて。

美輪　バラの花みたいでしたね。で、ルミさんが店をやっていて、「おそめ」に対抗して値段を吊《つ》り上げていったわけ。そこへ、山口洋子さんが出てきて「姫」

郎』等で第一回直木賞。その後『愛染《あいぜん》かつら』で流行作家に。

※富司純子
女優。一九四五年生まれ。六八年から始まる『緋牡丹《ひぼたん》博徒』シリーズの「お竜《りゅう》」で伝説的ヒロインに。当時の芸名は藤純子《ふじじゅんこ》。父は東映の名プロデューサー俊藤浩滋《こうじ》。

※岡田嘉子
女優。一九〇二〜九二年。新劇から映画に転じモダンな知性派女優と評される。三八年、演出家杉本良吉とソ連へ越境。三十四年ぶりに帰国するが、八六年、モスクワに帰る。

を始めたんです。

それまでは、銀座の女は指輪一つしちゃいけなかった。女のお客さんや、ご婦人連れが来るじゃない。お客さんに恥をかかせちゃいけないというんで、指輪をしていたら、「トイレに行って外していらっしゃい」と言われた。着るものも、お客よりいい物を着ているなんていう失礼のないように、なるべく地味なもので、よく見るといいものというものを着ていた。華やかで、わぁっというのは絶対だめだった。女のお客さんよりいいものを着てはいけないというんでね。それが銀座の女だった。

ところが、「姫」では、盆と正月が一遍に来たような、ぎらぎらとした、とにかく満艦飾《まんかんしょく》で派手なものを着ましたからね（笑）。男たちは、あそこは高いからと虚栄心をくすぐられて、行くわけですよ。「おそめ」をそっくりまねして「姫」は成功した。でも、今の銀座が、人でなしみたいな商売になっちゃったのは、それ以来ですよ。前は、銀座も粋でいなせで人情味があって、おもしろかったんですよ。文壇の連中も、いろんな店を行ったり来たりしちゃって、おもしろかったな。

瀬戸内　今、そういうところはないものね。

美輪　交詢社《こうじゅんしゃ》※がなくなっちゃいましたでしょう。交詢社の下のバーにしても、ほんとうのマホガニーで、いい造りでしたよ。素敵だった。あれがみんな、なくなっちゃったんですものね。

　だから、どんどん世の中は粗悪粗雑に悪くなっていますよ、いろいろな意味で。

※交詢社
福沢諭吉が一八八〇年に設立した政財界人の会員制社交クラブ。「知識を交換し、世務を諮詢《しじゅん》する」という趣旨から交詢社と名づけられた。

瀬戸内　何か、洗練されてないわよね、今は。

美輪　銀座のクラブでも、歌舞伎町《かぶきちょう》と変わりませんよ。そこら辺の暴力バーと同じ。前は、銀座の女はプライドを持っていたでしょ。新聞の一面から全部、読んで、株式の上がり下がりも全部、頭に入れて、政治、経済、芸術、いろいろなものを知っている。でも、お客さんが間違ったことを言っても、「それは違うわよ」って、絶対言ってはいけないんです。騙されたふりして、「ああ、そうですか」と聞いておく。それで、聞かれ聞かれたときには、「それはかくかく、こうなっています」と。それが銀座の女のプライドだったんですよ。

今は、銀座の女といったら、不渡り手形みたいなね（笑）。でーんと着飾っているだけでしょう。豚に真珠だらけ。中身は物欲、性欲、食欲だけ。また、お客もそれだけの客ですからね。話のできる教養ある女は煙たがられますからね。必要ないんです。

瀬戸内　何もしゃべらないのね。

美輪　おしゃれした生殖器ですよ。

瀬戸内　だから、ゲイバーのほうがずっとおもしろいのね。サービスしてくれるから。しかも彼らは勉強していますよ。

美輪　彼らはおっぱいがないから、それにかわるものをと努力する。私は今は、もう一切行きませんけれどもね。もう悪所は卒業しました（笑）。

漠然とした不安があった出家前

美輪　瀬戸内さんは、これまで生きたいように生きていらして、いいですね。ほんとうにお元気だしね。お幸せですね。

瀬戸内　そうですね。

　私が出家したのは五十一歳のときでした。いいときに出家したと思いますよ。

美輪　やっぱり、美意識ですね。それは絶対、己れの誇りに対する美意識ですよ。三島由紀夫さんと同じで、瀬戸内さんの出家も美意識からの決断です。

　それにしても、出家なさってからの瀬戸内さんは、世界の広がり方が普通じゃないでしょう。世界の広げ方がはんぱじゃありませんよねえ。

瀬戸内 広げようと思って、広げたんじゃないんですけれども、こんなになっちゃったんですよ（笑）。

美輪 人間の人生って、いろいろあるじゃありませんか。でも、だいたい角度は決まっている。たとえばサラリーマンであれば、サラリーマンという十五度なら十五度だけの人生だけですね。作家の方にしても作家という十五度の中で死んでいくわけですよ。文壇という十五度の世界の中でね。

ところが、瀬戸内さんは、作家世界の十五度だけではなく、仏教の世界も、教育の世界も、さらに芸術の世界も、と世界がうんと広がっている。あっちもこっちも、こっちもそっちも、もう四十五度から百八十度ぐらいにまで広がっている。今や三百六十度にならんとしている。すごいでしょう。縦横無尽、縦横上下、いろいろなところへ広がっているじゃないですか。

瀬戸内　出家してとても便利になったのは、何をしてもいいということなんですよね。出家しているんだから、何をしてもいいと（笑）。それはとても自由ですよ。こんな自由なことはないですね。

美輪　だから、今言ったように、縦から、横から、斜めから、縦横無尽に全部、テリトリーを広げていらっしゃるでしょう、美意識の。いろいろな人生、生活の美意識があるじゃありません？

瀬戸内　でも、さきほど言いましたが、出家してなかったら、私は自殺していましたよ。

美輪　ほんとうに？

瀬戸内　ほんとうに。何か、あのころ、すべて見るべきものは見たという感じで、ほんとうにつまらなかったの。ある程度流行作家だったじゃないですか。流行作家というのはつまらないものですよ。同じような小説を次から次へ書いてね。

小説を書き始めるときは、新聞広告に柱で載りたかったのね。その柱にもなったし、もういいやって思ってね。原稿依頼はいくらでもありましたよ。で、小説のコツを覚えたから、いくらでも書けますよね。そんなのをいくら書いたって、こんなものかと思って、つまらなかった。

たくさん書けば、お金が入ってきますよね。入ってきても、そんなものね、たくさん使えない。着物を買うったって、知れているでしょう。友禅を着たって似合わない、こんな指が短くてはね（笑）。美味《おい》しいものも毎日食べてたら飽きちゃう。男をつくって貢いだところで、大したことないのよ。そんなすごい男もいないし。だから、ほんとうに、もう結構と思った。

だから、出家してなかったら、私は死んでいたと思います。

美輪　手に入れたすべてに倦《う》み疲れてらしたんですね。

瀬戸内　たまたま、従妹《いとこ》の家族と同じ壱岐坂《いきざか》のマンションに住んでいたんですね。従妹の家は私の下の階にあったんだけど、その娘——今、私の秘書をやってくれてるんですよ——が、そのころ、窓のカーテンを開けるのが嫌だったと言ってました。私の書斎の四階下が、彼女の勉強部屋だったんですよ。だから、カーテンを開けると（笑）、私が落ちてくるかもしれないから嫌だと言うの。

美輪　偶然、そのご家族と同じマンションになったんですか?

瀬戸内　同じ日に引っ越しだったんですよ。玄関で会って、「手伝いに来てくれたの?」と聞いたら、向こうも引っ越しだった(笑)。だから、まったくの偶然なの。

美輪　だから、それは必然なんですね。その娘さんとは前世が親子かなんか、主従だったんじゃない?

瀬戸内　アッハハハ。大きなマンションなのに、私の部屋の下に住むとはほんとうに不思議ね。私は十一階で、従妹のところが七階だった。でも、そのマンションに暮らし始めてからだんだん出家しようという気になったんですよ。やっぱり、あれは一つの場所でしょうね。

美輪　もうよかろうということだったんですね、長慶天皇が。

瀬戸内　高層マンションだったから、夜になったら、ごうっと風が吹き抜けて、すごいんですよ。風がうわっと上がってくるの。何とも言えず、何て言うのかしら、寂しいというのか。

美輪　東尋坊《とうじんぼう》※か嵐が丘※みたいだった。

瀬戸内　そうそう。それをじっと毎日聴いていたら、やっぱり、何か……。

美輪　それは、いろいろ気が、エネルギーがあったんでしょう。土の気とか、そこら辺で死んでいった者とかの怨念や情念とかが。そういうものが土の磁気の中にしみ込んじゃっている。そういうものと一緒になって風が巻き上がってくるから、気を感じちゃうんです

※東尋坊
福井県坂井市三国町《みくにちょう》の海岸。日本海の荒波による海蝕崖《かいしょくがい》で自殺の名所といわれていた。

※嵐が丘
イギリスの女性作家エミリー・ブロンテ（一八一八〜四八年）が書いた『嵐が丘』（一八四七年刊）の舞台。

よね。

瀬戸内　窓から下を見ると、古いお屋敷が真下に見えるのね。それが、三島由紀夫の『豊饒の海』の最後に盲目になった男※がいるじゃないですか。あの人が住んでいた屋敷の間取りとそっくりなんですよ。ほんとうにそっくりなの。だから、三島さんは、場所からしてもあの辺に設定していたから、ここを舞台にしたのかなと思いながら、毎日、そこを見ていたの。

美輪　どこにあるんですか。

瀬戸内　壱岐坂だから、本郷ですよ。ちょうど真下にあるの。大きなお屋敷が。

美輪　本郷というと、昔、物書きがたくさんいたところですよね。川口松太郎さんのマンションもあるでしょう。先代の水谷八重子さんがあの街が好きでわざわ

※盲目になった男
『豊饒の海』第四部『天人五衰』の登場人物、安永透のこと。

ざ引っ越して、川口アパートメントに住んでいましたね。

瀬戸内　あそこにはずいぶん、いろいろな方がいましたね。

美輪　あそこら辺じゃ、確かに気はうわっと来るでしょうね。だから、普通だったら、その気にやられちゃう。でも、瀬戸内さんはそういう気を逆手に取っちゃったわけですよ。

瀬戸内　そこから、出家したんですから。やっぱり、あそこは通り道だったんでしょうね。私はあそこを通らなければいけなかったんでしょうね。

美輪　そうですね。それにしても瀬戸内さんは強い。そんなものも逆手に取っちゃう生命力です。

瀬戸内　ただ、三島さんが亡くなったでしょう。それから川端さんも亡くなった。二人とも自殺です。またそこで私が死ねば、「瀬戸内晴美のおっちょこちょいが、流行に従って死んだ」なんて言われるだけでしょう。だから、ちょっと違う方向はないかなと、考えたんですね。

ほんとうに。でも、あのときは出家してなかったら……。

美輪　やっぱり。だから、生存本能というのかしら、そういうものの触覚がおありになるんですね。

瀬戸内　出家を決めたとき、このままでは、私もだめになるし、日本もだめになると。何か大きな不幸が起きるに違いないということが、私の触覚に触れたんですね。それはなんだかわからなかったけれど、私が出家したのは昭和四十八年（一九七三）の十一月十四日。

たちまち、第一次石油ショック※が起こったんですよ。だから、一週間でも出遅れていたら、あんな古式にのっとった出家なんかできなかった。

美輪　お感じになったんですね。

瀬戸内　ええ、何か予感があったんですね。それからずっと、世の中は悪くなっていったでしょう、どんどん。だから、あれがちょうど境目だったんですよ。

美輪　悪くなりましたね。

瀬戸内　そのとき、私の出家した写真が『週刊朝日』の表紙になりましたけれど、ほんとうはトイレットペーパーの買いだめの漫画が表紙になるはずだったんです。もうできてたの。それが急遽《きゆうきよ》、私の出家で差しかえになって、表紙は出家直後の僧衣の私の写真になったんですよ。それぐらい、すれすれのタイミングだ

※第一次石油ショック　一九七三年、第四次中東戦争の勃発にともない、ＯＰＥＣ（石油輸出国機構）が原油価格を引き上げた。輸入原油に依存してきた日本経済は直撃を受け、「狂乱物価」が引き起こされた。買いだめ、売りおしみ、便乗値上げが横行。

ったのね。

そのときは何だかわからないけれども、何か、このまま行ったって、ちょっと違うんじゃないかなという漠然とした不安。芥川風に気取って言えば、それがあったんですね。

美輪 その点、瀬戸内さんには神仏の加護があるんでしょうね。

瀬戸内 それまで私は仏教なんて、ほとんど知らなかったんです。むしろカソリックにでもなろうかと思っていたぐらい。で、遠藤周作さんに頼んで、神父さんを紹介してもらって、聖書を読んでいたんですよ。だけど、聖書読んでるうちに、ちょっと違うんじゃないかなと思って、それで仏教に目を向けた。

けれども、仏教といったって、何もわからない。あるお寺に行って出家したいと言うと、「一週間ぐらい、ここの中へ隠れていたら、それでいいよ」なんて言われた。それもちょっと違うんじゃないかなって思ってね（笑）。それで今度は、比叡山《ひえいざん》※にしようかなとか、こっちにしようかな、とか。だから、宗派が何とか、何も知らないでやったんですもの、むちゃくちゃですよ（笑）。そのうち、あ、今東光先生も坊さんだったと思って、お願いに上がったんです。

先生も何も教えてくれないの。「おまえさん、本は読めるだろう。本でも読めや」と言って、何も教えてくれない（笑）。それで仕方がないから自分で勉強したでしょう。そうすると、仏教というのはおもしろいものだなと、だんだん思うようになったんですね。底が知れないですから。

※比叡山
滋賀県と京都府の境を南北に連なる山。最澄がこの山で修行した。天台宗総本山延暦寺《えんりゃくじ》がある。

美輪　奥が深いんですよね。

瀬戸内　奥が深くて、これはおもしろいと思って、ずっと今までできてるんですからね。だから、こんな格好してね（笑）。

美輪　瀬戸内さんは、真理をつかまれたんですよね。真理というのは、揺るぎようもないものだから、結局、それを得ることで満足しますよね、ほんものだから。

瀬戸内　それから、好きだった人がどんどん死んでいくし、身内も死んでいくし、そういう目にはいろいろ遭いましたよ。だけどそのたびに、「そうか、私はこの人を弔うために出家したのかな」と思うと、非常に心が安らぐんです。そして、みんな、いっしょくたに拝んでいる。そういう感じでよかったと思いますよ。

きれいな着物も着てみたいけれども、もう五十を過ぎたら、おしゃれをしたって、似合わないし、よかったですよ。中年デブで太ってきたときに、ちょうど修行をした。二カ月ひどい目に遭ったら、絞られて、七キロ痩せてすっきりしたでしょう(笑)。

美輪　ダイエットもできて一石二鳥。

瀬戸内　だから、出家してよかった、ほんとうによかったと思いますね。

自分自身も菩薩であると思えば……

美輪 だから、私、遠藤周作さんが可哀想でした。遠藤さんも苦しんで、真実は何か追究しようとなさってたでしょ。あの人は、カソリックの中だけで、真実をつかもうとしていたんですよ。けれど、カソリックというのは、つまり自力※じゃないから、それは無理なんですよ。他力※でしょう。

とにかく、人間はあくまでも卑しいもので、神にお詫《わ》びをしなさい、そうすれば許されるよ、という考え方ですよね。あくまでも人間は卑しいもので、懺悔をして、神様にとにかく覚えめでたくしなさいということが教えの原点にあるわけだから。

※自力と他力
自分の智慧・能力を自力といい、仏、菩薩の慈悲などを他力という。自分の力で悟りを開こうとするのが自力門。仏、菩薩の慈悲力を頼んで悟りを開こうとするのが他力門。

一方、仏教のほうは最終的には自力です。釈迦が死ぬ前に悟った自力というのは、神も仏もすばらしいエネルギーがあるけれども、あなた自身も菩薩※の一人であって、あなた自身も尊い神であって、仏であって、如来であるよと。だから、あなたは自分自身で、自分の力で仏になるように、自分で成仏しなさいということでしょ。成仏するとは、仏の心に成るということでしょ、それは、とても納得いくわけですよ。

瀬戸内　うんうん。

美輪　たとえば泥棒をしようとしても、私は仏なんだから、こういうことをしちゃいけないんだな、と。そういうふうに自分を自分で律し、納得しますでしょう。ところが、キリスト教とか、他力本願の宗教の場合は、盗みたいんだけれども、盗んじゃいけない。どうして

※菩薩
悟りを求めて自ら修行する者のこと。そこには、他者の悟りのために手助けを行うということも含まれている。

ですか。神様に怒られるから。そんなことをしちゃ、罰が当たるぞ。そうですかと言って、しぶしぶ怖いからやめるんだけれども、ほんとうは盗みたくてしょうがない気持ちが残ってしまうじゃないですか。成仏しきれないで。

私は観音様、私は菩薩なんだから、盗んじゃいけないなという考え方のほうが、ずっと納得できるし、説得力があるじゃないですか。

自力なら、自分が神であることがはっきりしているので、自分自身で自分を律していく。他力では、そうさせられるという意識が残って、どこかに納得しきれないものが残る。つまり、北風と太陽の寓話《ぐうわ》と同じで、太陽が照りつけていれば暑いんだから、自分で自主的にコートを脱いでしまう。北風がいくらコートを脱がそうとしても、寒かったらとても自分からはコートは脱がない。納得できなかったら脱がない。その違いですよ。

だから、遠藤さんは、カソリックの中で、結論を得ようとして、一生懸命、もがいていらした。

瀬戸内　遠藤さんはカソリックだったけれども、最後には非常に仏教的になっていたんですよ。

美輪　遠藤さんと話をしたときに、「君は、天草四郎の生まれ変わりというけれども、じゃ、僕は何だい？」と聞くの。「そうね、あなたは豆ダヌキじゃない？」とからかって言ったら、「何を言っているんだい。君が天草四郎で、何でおれがタヌキなんだ、冗談じゃないよ」なんてふくれちゃってね（笑）。でもその後で、今度は真面目に観てあげて、「昔ヴェトナムでカソリックの神父をやっていた」と霊視の結果を話したら、それはいろんなことで思い当たるふしがあると納得してましたよ。

　私、電話がかかってきたときに、遠藤さんに霊界の話とかすればよかったのに、してあげられなかったでしょう。気の毒なことをしたなと思ってるんです。ほんとうはしてあげるべきだなと思っていたんだけれども、ただ、あの人はごりごりのカソリックだったでしょ。それがずっとあったから、何かこう、言えなかった。

瀬戸内　遠藤さんは、あれだけ信仰があるのに、ほんとうに死ぬのを怖がってましたからね。「瀬戸内さん、死ぬのは怖くないか？」と聞くから、「何ともない」と言うと、「不思議だな。おれは怖いや」って。それはほんとうに怖がっていた。あれだけ信仰があって、何でそんなに怖がるのか、私には不思議でしたね。私なんかは、いつ死んだって怖くないのにって。でも、男のほうが死ぬのを怖がりますけどね。

それから、遠藤さん、重い病気になってしまったでしょう。辛かったらしいですよ。死にたくない、死にたくないって。

美輪　やっぱり輪廻転生だとか、そういう仏教思想がなかったんですよね。カソリックやプロテスタントの他力本願というのは苦しいものですからね。

だから、遠藤さんには、人それぞれなんだけれども、私も知り合いだったんだから、やっぱり話をしてあげるべきだったかなっていまだに後悔してます。知人の娘さんの結婚式のときに会って話をしたのが最後で、それきりでしたから。それも宿命だから、仕方がないけれども。

それにつけても、瀬戸内さんはご満足ですよね。生きていながら、四方八方に美意識の手を伸ばしちゃっているから。百花繚乱《ひゃっかりょうらん》でしょう。お幸せですよね。脇で見ていて、そう思う。

瀬戸内　得度して帰ってきたら、ぱっと若くなっていたと、いろんな人に言われましたけどね（笑）。

美輪　時間も空間も何も、みんな、ないところに生きていらっしゃるでしょう。

瀬戸内　出家してから、良寛《りょうかん》※のことも、一遍《いっぺん》※のことも、西行《さいぎょう》※のことも、お釈迦様のこともよく勉強するようになった。やっぱり出家してなかったら、出家者たちの一群の小説が書けてないわけでしょう。そうし

※良寛
江戸時代の僧、歌人。一七五八〜一八三一年。十八歳の頃出家。生涯寺を持たず、子供と遊び、農民と酒をくみ交わし、和歌を詠《よ》むという自然で無欲な一生を送った。

※一遍
鎌倉時代の僧。一二三九〜八九年。時宗の開祖。初め天台宗を学び、のちに浄土教を修める。念仏札を配る諸国遊行に出、各地に念仏、踊り念仏を広めた。

※西行
平安末期の歌人、僧。一一一八〜九〇年。初めは武士であ

たら、わりあいとつまらない人生でしたよ。

美輪　そうして、心眼《しんがん》で事物、事象が見えてくるんですよね。

瀬戸内　見えなかったものが見えてくると同時に、見えてたものが見えなくなっているんじゃないかという気もしますね。

美輪　たとえば？

瀬戸内　前には見えなかったものが見えてきている。それは、美輪さんがおっしゃる霊のこととか、ですよね。聞いていて、よくわかる。疑わない。
見えなくなったことというのは、何て言うのかしら。見なくていいことかもしれないけれども、人間のいざこざとか、わずらわしい心理劇ね。そういうものは、今、興味ないものね。

ったが、二十三歳で出家。仏教を基礎とし、孤独と漂泊の人生を詠《うた》い、独自の歌風を確立。

美輪　出家した途端に、現世の人々の憎んだり、苦しんだり、呪ったりとか、そこら辺がどうでもよくなって、見えなくなったとおっしゃるわけですね？　それは、わかります。私もそうでしたから。

瀬戸内　そうでしょうね。

美輪　でも、こうしてお話ししてみると、おもしろいですね。

信仰をもって世の中やいろいろなものを見ていきますでしょう。そうすると、それ以前とはまったく別な視点でものごとが見えてくるから、おもしろいんですよね。人が死んだり生きたり、悩んだり、捨てられたり、苦しんだりとかということでも、現実の世界だけでは見えないものが、現在過去未来の観点で大局的に天界のほうから見てみると、はっきりと、原因も結果